和孩子一起读中国神话

郎净——著

黄山书社

图书在版编目（CIP）数据

和孩子一起读中国神话 / 郎净著. -- 合肥 : 黄山书社, 2025. 3. -- ISBN 978-7-5737-1170-0

Ⅰ. I276.5

中国国家版本馆CIP数据核字第2025C7E946号

和孩子一起读中国神话　　郎　净　著

HE HAIZI YIQI DU ZHONGGUO SHENHUA

出品人　葛永波
责任编辑　秦矿玲
责任印制　李　磊
绘　　图　董美言
装帧设计　有品堂_刘　俊　宋永傲
出版发行　黄山书社
地　　址　安徽省合肥市蜀山区翡翠路 1118 号出版传媒广场 7 层　邮编：230071
印　　刷　安徽新华印刷股份有限公司
版　　次　2025 年 3 月第 1 版
印　　次　2025 年 10 月第 2 次印刷
开　　本　787 mm × 1092 mm　1/16
字　　数　200 千字
印　　张　14.75
书　　号　ISBN 978-7-5737-1170-0
定　　价　36.00 元

服务热线　0551-63533706

销售热线　0551-63533761

官方直营书店（https://hsss.tmall.com）

写在前面的话

《和孩子一起读中国神话》就要面世了，我很想和大家闲聊几句。

我是文艺民俗学专业的博士，读博期间研究的就是中国民间故事；我又是一个妈妈，所以会把中国民间故事讲给我的孩子听，书中的“多多”可不是虚构的哦，那就是我最爱的女儿。

为什么会自己动手来重新写中国神话呢？原因有两点：

第一个原因是，我试图带孩子、家长们重新思考中国神话。

神话并不只是一些有趣的故事，而是一个民族童年时期的浪漫想象，一个民族对于天地自然的探索，一个民族对于自身的思考，一个民族的力量和信仰……

我们一直说西方文学艺术的源头是“两希传统”。“两希传统”指的是希腊传统和希伯来传统。欧洲近现代文学的人文观念和艺术精神的基本内核，主要来自这两大传统。而古希腊神话则是其中的重要内容。它们对西方文化产生了深远的影响。所以神话的作用，可能超乎我们的想象。

朱大可先生有一句话我很认可：“神话中所蕴含的信仰、对传统美学的缅怀以及想象力的解放，可以推动新一轮的思想启蒙，填补日常生活的精神空白。”

确实，如果我们来全面地观照一下，那么神话中其实蕴含着过往之经典、永恒之精神、生动之自然、寻常之生活、浪漫之想象、灼热之信念……

而从阅读阶段来看，我也不认为神话只是孩童时期的读物，对神话的阅读应该贯穿我们的一生。每个阶段我们对神话都可以有新的解读和思考，每个阶段我们都可以从神话中汲取崭新的力量。

所以我想写一本可以让孩子和家长们一起阅读的中国神话故事。如果是小孩子拿到这本书，那么就由家长读给他们听；如果是大孩子拿到这本书，那么就由他们自己阅读；而家长，也不是充当复读机，而是可以和孩子们一起探索中国神话的奥秘。

第二个原因是，我试图用一种轻松、有趣的方式来重新解读中国神话。

我选择了孩子们最感兴趣的中国古代神话，从盘古开天辟地一直讲到周穆王西游，从上古讲到夏商周，包含46个神话故事，而且采用的是妈妈讲故事给孩子听的叙述方式。

我的写作思路也很清晰：

我想用活泼生动、优美清新的语言来讲神话故事。市面上写神话的书，一般是用概述的方式勾勒主要故事情节，而没有关注语言之美。我尝试把神话写得更美，每一篇神话不仅是一则故事，而且是一篇美文。

我争取用有趣的、贴合当代生活的视角来讲故事，以带给孩子们以启迪。大家可以先看一下目录，每一篇故事的副标题基本就是切入这个神话故事的视角。比如说《神游华胥》的副标题是《梦中的快乐》，《姜原弃子》的副标题是《别人家的孩子》，《西王母的变迁》的副标题则是《女神的整容史》，是不是很好玩？

生动的文字背后，是对神话的历史学、人类学、民俗学的最新解读。我并不会因为读者大多是孩子，就一味地重复前人的文本，而是会把学术界最新的研究成果融入神话故事的讲述中。不知不觉中，大家就能了解相关学科的许多观点呢。

用家长和孩子对话的方式来展开内容，文字口语化，富有童趣。这种写法既能让孩子们更感兴趣，也能让家长们找到亲子共读的乐趣。

每则神话后面我都附了出处——古代的文本，还对文本进行了翻译，以方便大家的阅读。有心的孩子们，也可以按图索骥，自己动手查找资料，进行拓展学习。我希望我的书只是一个开端、一个索引，启发孩子们不断拓宽学习的视野。

每一个神话后面我都设计了一个互动环节，这可是一个开放的空间哦。在这个空间里，大家可以继续探索、继续思考。这样，神话也真正渗透到了生活中。

我的话说完了，就让我们开始对中国神话的阅读和探索吧……

郎 净

2025 年 2 月 28 日

目录

宇宙之初

——只有混沌

多多： 妈妈，宇宙最初是怎样的呀？

妈妈： 孩子，最初的宇宙一片混沌，苍苍茫茫，天地未分，万物未生。你能想象吗？

多多： 我能想象，是不是像睡了一觉，但并没有做梦的感觉一样呀？

妈妈： 有点像哦。

多多： 一觉醒来，便什么都有了。小鸟儿在叫，树叶儿在长，小孩子在伸懒腰。

妈妈： 是啊，那是多么漫长的一觉啊！

多多： 我还是喜欢做梦，梦很好玩。

妈妈： 好啊，我们来说说那些无梦的时分和那些似真似幻的梦境吧。

多多： 好，妈妈，我想听！

很久很久很久以前的以前的以前，宇宙浑然一体，没有天没有地，没有日没有月，什么都没有。那就是宇宙最初的模样，我们可以在字典里找到很多词语来形容那种状态：苍茫、混沌、窈冥、恍惚、茫昧……我们也可以用哲学家简洁的词语去概括它："一""无"……但是呢，那种状态啊，又不是真正的空、无和结束，相反，那是一切马上就要开始的状态——光明马上就要到来，万物马上就要生成。

不过，尽管什么都没有，尽管一片混沌，后来的人在想象宇宙之初时，却很幽默地想象出一个混沌之神来。混沌之神长什么样子呢？有很多版本哦。而混沌之神的名字也一会儿写成“混沌”，一会儿写成“浑沌”。

一种版本呢，说混沌之神是看不出形状的，没有七窍。七窍呢，就是眼、耳、鼻、舌、口。两只眼睛、两只耳朵、一个鼻子、一条舌头、一张嘴，数来数去，一共有七个孔窍。我们判断一个人长得好不好看，会说：“哇，眼睛好大啊，还是双眼皮！”“哇，鼻子好挺啊！”“哇，耳朵是招风耳呀！”但是混沌是没有七窍的，所以也看不出他长啥样。当然七窍的存在并不只是为了确定长相，而是要发挥实际功用的。当时南海的主神叫作倏，北海的主神叫作忽。混沌是中央之帝。倏和忽的名子听上去就知道他们的速度比较快，一会儿到南，一会儿到北，一会儿跑到中央去了。所以他们经常到混沌的地盘上玩，玩得欢天喜地的。混沌对他们很好，好得没心没肺的。于是倏和忽就商量开了：“混沌对我们那么好，我们也做点什么报答他吧。”“是啊，你看他不能看，不能听，不能呼吸，还不能吃美食，这么活着多没有乐趣啊。这个世界上大家都有七窍，都能享受那么多快乐，我们帮他凿出七窍吧！”于是说干就干，倏和忽速度很快，每天都帮混沌凿开一窍，等到了七窍都凿开的那天，混沌竟然死了。是啊，其实“无”“一”意味着永恒，而有形的世界就意味着有限呢。

另外一个版本呢，说混沌已经有七窍了，但是七窍还不能用；长得也有一点形状了，但是还看不出模样来。据说他住在昆仑山的西侧，长得像个动物，但分不清楚像熊还是像狗。他的毛很长，有四条腿，却没有爪了。他有眼睛，但是看不见；有耳朵，但是听不见；有脚，但是走路很艰难；有一个圆圆的肚子，但是没有内脏；有肠子，但是

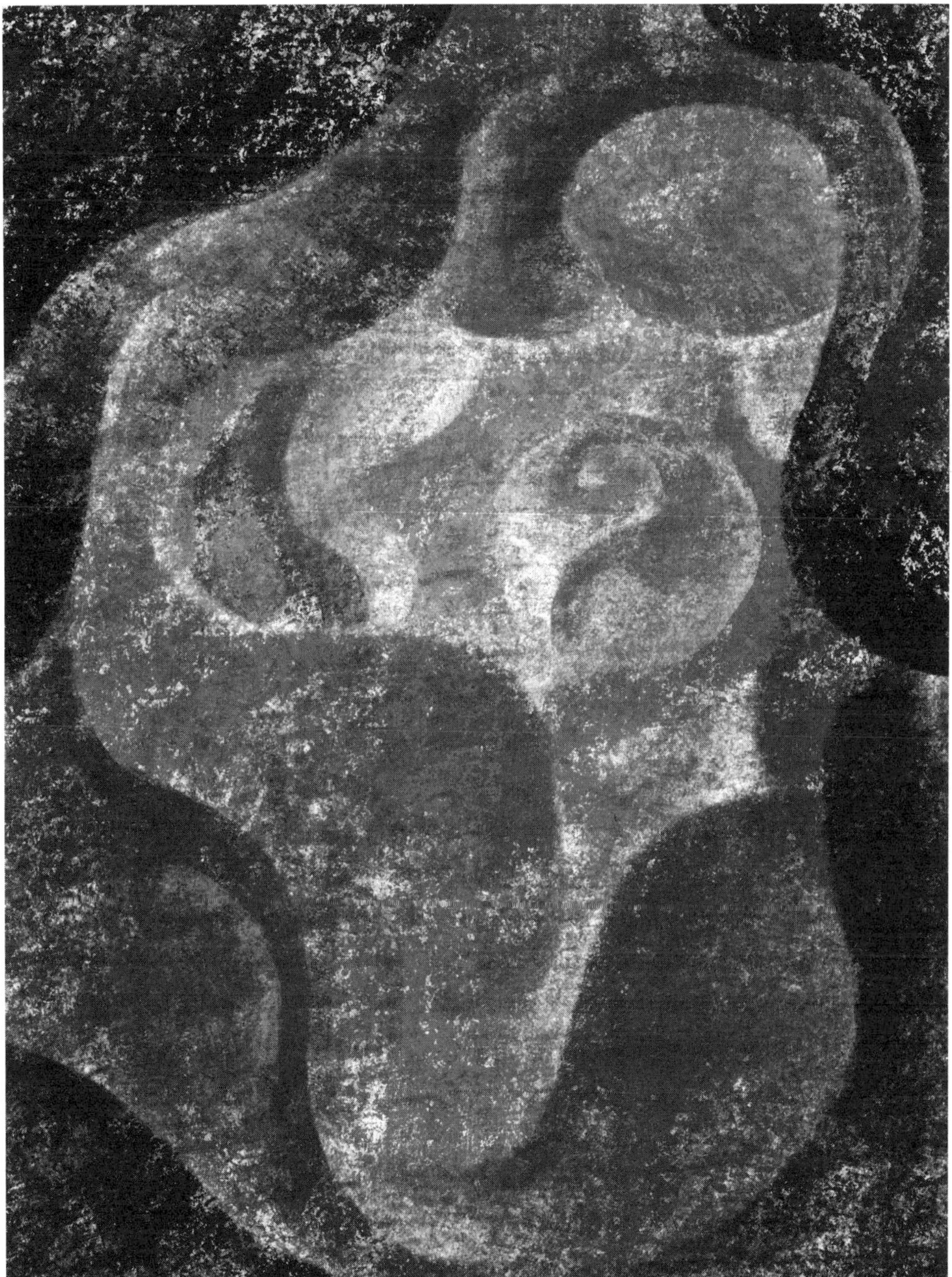

是一条直肠子；他也吃东西，但是东西吃下去就径直落下去了。他虽然这么傻萌傻萌的，但是别人要去哪里，他都能感知到。他喜欢和坏人玩，喜欢缠着他们，见到好人就要去冲撞他们、阻拦他们。他每天什么都不用做，不用学习，不用干活，最喜欢做的事情就是追自己的尾巴玩，一边追一边天真烂漫地仰天而笑。这个版本的混沌太可爱了，有点像还不懂事的小朋友，有点像被小朋友们宠坏了的宠物。估计小朋友们可以把这个版本的混沌画出来呢。

多多：听完宇宙之初的故事，我脑袋里一片空白。

妈妈：这种状态就对了，你已经感觉到宇宙之初的模样了。

多多：我觉得咬自己尾巴的混沌，确实像一条小狗，或者像一个小孩子。

妈妈：是啊，宇宙之初就像是孩子还没有诞生的时候。而神话呢，就是孩子诞生之后，人类刚刚开始发展的时候，对世界万物的感知和想象。

神话原典

原文：南海之帝为倏，北海之帝为忽，中央之帝为混沌。倏与忽时相遇于混沌之地，混沌待之甚善。倏与忽谋报混沌之德，曰："人皆有七窍，以视听食息，此独无有，尝试凿之。"日凿一窍，七日而混沌死。

——《庄子·应帝王》

译文： 南海之帝叫倏，北海之帝叫忽，中央之帝叫混沌。倏和忽经常在混沌的地界相会，混沌对他们很好。倏和忽商量着报答混沌的美意，说："凡是人都有七窍，用来看、听、饮食、呼吸，唯独他没有，我们试着给他凿开。"倏和忽一天帮混沌凿开一窍，第七天混沌就死了。

原文： 昆仑西有兽焉，其状如犬，长毛四足，似熊而无爪。有目而不见，行不开，有两耳而不闻，有人知往。有腹无内脏，有肠直而不旋，食物径过。人有德行而往抵触之，有凶德则依附之。天使其然，名为"混沌"。空居无为，常咋其尾，回转仰天而笑。

——《神异经·西荒经》

译文： 昆仑山的西面有一只野兽。它长得像一只狗，毛很长，有四条腿；又像熊，但没有爪子。它有眼睛，却看不见；走路很艰难；有两只耳朵，却听不见，但别人到哪里去它都知道。它有腹部，却没有内脏；有肠子，却是直的，不是弯曲的，吃的食物直接就下去了。别人有德行，它会用蛮力抵触他；遇见蛮横的人，却反而依附他。它是天生这样的，名字叫作"混沌"。每天什么也不做，经常咬自己的尾巴，不断回旋着，并仰天而笑。

探寻"神奇"

小朋友可以试着画一个混沌之神。

开天辟地
——盘古来啦

多多： 妈妈，我不喜欢混沌，我喜欢馄饨，我还喜欢饺子。

妈妈： 哦，这个就复杂了，不知道得过多少漫长的岁月，人类才能吃到馄饨和饺子。

多多： 我喜欢蓝蓝的天空、金色的阳光。我喜欢一边晒着金色的阳光，一边吃好吃的馄饨和饺子。

妈妈： 好啊，那我们就请盘古开辟出天地，创造出万物，让人们都能晒到太阳吧！

很久很久很久以前，宇宙是混沌一片的。如果一定要打个比方，那宇宙就像是个还没有孵出小鸡的鸡蛋，好久好久没有动静，但是又感觉充满着希望，因为里面孕育着盘古。盘古开始生长了，而且长得很快，一天可以有很多种变化。小小的鸡蛋已经容不下他了。身边到处都是黑乎乎、黏糊糊的，他太不舒服了。随着他的生长，天地逐渐被撑开。盘古每天长一丈，天就每天高一丈，地呢，就每天厚一丈。有一个版本说，盘古不知在哪里找到了一把斧子，就抡起这把斧子劈开了天地。这个场景当然很有气势，但让人感到不可信。当时除了盘古什么生物都没有，这把斧子难道是外星人放的？所以我宁愿相信是伴随着他的生长，他用自己的身躯撑开了天地。盘古就这么长了一万八千多年，天和地就隔得好远好远了，大概隔着九万里呢。后来的哲学家庄子说，如果我们站在地上往九万里的高空上看，看到的是一片蓝色，苍苍茫茫的；如果我们站在九万里的高空往下看，看到的应该也是一片蓝色，苍苍茫茫的。庄子是从他笔下的那只可以飞到九万里高空的大鹏眼中“看到”大地的，我们现在就方便了，可以从飞机上看大地，看到的竟然和庄子想象的是一样的。庄子是战国时期的人，他的想象力好惊人吧！盘古不知疲倦地生长，并尽自己的全力撑开天地，就像是天地间一根最宏伟的柱子一样，就像是宇宙间的“定海神针”一样。

天和地终于不会再合拢了，我们的盘古，也完成了自己的使命。他颓然倒下了，在倒下的一刹那，他呼出的最后一口气，化作变幻的风云，充满了整个宇宙；他发出的最后的呐喊声，化作震天的雷霆，回荡在天地之间。他的眼睛突然放出夺目的光彩，左眼变成了太阳，右眼变成了月亮。他的四肢五体，化成了大地的四极和五岳，四极就是撑起天地的四根擎天柱，五岳就是我们中国的东岳泰山、西岳华山、南岳衡山、北岳恒山、中岳嵩山。他的血液继续流淌，流淌成江河湖海；他的筋脉，高低起伏，变成山脉和道路；他的肌肉，变成了田地；他的头发、胡须散开了，散成漫天的星辰；他的皮肤、汗毛，变成了郁郁葱葱的草木；他的牙齿、骨头，成为金属和石头；他的精气、骨髓，幻化成珍珠、美玉；他的汗，变成了雨露；甚至他身上的寄生虫，被风一吹，也变成了黎民百姓。孩子，你能想象那样的场景吗？盘古徐徐倒下，而整个如锦绣般、充满光华与色彩的世界，也徐徐在我们眼前幕天席地地展开了……

盘古分开了天和地，又产生了万物。春秋时期的哲学家老子在他所著的《道德经》中说：“道生一，一生二，二生三，三生万物。”其实这和盘古开天辟地的过程也差不多。从一个浑然的整体，生出了

阴阳二气，阴阳二气又相互冲突、融合，产生第三者，然后慢慢演化出了万物。所以，不管是神话故事，还是哲学，都告诉我们一个道理——万物本是从一体中产生的。所以，庄子认为人也是万物中的一物，没有必要强调人和物的区别，更没有必要强调人和人之间的区别。他的思想很棒吧！

多多：那我们就是在盘古的身上晒太阳啦？

妈妈：对啊，我们要感谢盘古。他开辟了天地，化生了世界。

多多：不对啊，妈妈，既然万物都是盘古变的，那我们就是盘古，盘古就是我们啊。

妈妈：也可以这么说，所以我们每个人都是世界的创造者，你说呢？

多多：对啊对啊，盘古创造了世界，我们也能创造世界呢！

神话原典

原文：天地混沌如鸡子，盘古生其中，万八千岁。天地开辟，阳清为天，阴浊为地。盘古在其中，一日九变，神于天，圣于地。天日高一丈，地日厚一丈，盘古日长一丈，如此万八千岁，天数极高，地数极深，盘古极长。

……

首生盘古，垂死化身。气成风云，声为雷霆，左眼为日，右眼为月，四肢五体为四极五岳，血液为江河，筋脉为地理，肌肉为田土，发髭为星辰，皮毛为草木，齿骨为金石，精髓为珠玉，汗流为雨泽，身之诸虫，因风所感，化为黎氓。

——《三五历纪》

译文：宇宙之初，天地一片混沌，就像一个鸡蛋，盘古就孕生于其中，历经了一万八千年的岁月。天和地慢慢被开辟了，阳清之气上升，化而为天；阴浊之气下沉，化而为地。盘古在中间，一天会有许多变化。他比天地还要神圣。天每天高一丈，地每天厚一丈，盘古每天长一丈，就这样经过了一万八千年，天非常高，地非常厚，盘古的身躯非常长。

……

最先诞生的这个盘古，临死时身体发生了极大的变化：他吐出的气变成风云，发出的声音变成雷霆，左眼变成太阳，右眼变成月亮，他的四肢五体变成了四根擎天柱和五岳，他的血液化为江河，筋脉变成山脉和道路，肌肉化为田地，头发、胡子化为星辰，皮肤、汗毛化为草木，牙齿、骨头化为金属和石头，精气、骨髓化为珍珠、美玉，汗流下来变成雨露，身上的寄生虫，被风一吹，就变成了人类。

探寻“神奇”

想象一下，谁给了盘古一把斧子呢？试着编一个故事。

女娲造人
——女神时代

多多：妈妈，我想了很久，我还是不希望自己是盘古身上的小虫子变的。

妈妈：那你希望自己是由什么变的？

多多：我不知道，起码是很美的东西变的吧，而且是很用心的，就像我平时做橡皮泥一样，把小猫小狗都做得萌萌的、美美的。

妈妈：好啊，那就让女娲把你造出来吧。

多多：好啊好啊，我喜欢被女生，哦，不对，确切来说，是被女神造出来。

天地开辟之后，草木长得非常茂盛，远远望去，好像要从地上一直长到天上去。风雨雷电也不停地在天地间肆虐，加上江河湖海，各种水合奏的声音，搞得整个世界热热闹闹的。然而有一个神漫步其间，却还是觉得孤单寂寞，觉得世界上缺少能和她交流的对象。这个神就是女娲。女娲长什么样呢？如果从汉代的砖刻画像上来看，她竟然是人的脑袋、蛇的身子呢！又据说，女娲一天可以有七十种变化，我们看到的，只是她变化中的一种罢了。有人说，女娲的“娲”其实是青蛙的“蛙”，因为青蛙特别能生小宝宝，而且小宝宝的哭声和青蛙的

叫声很像，都是“呱呱呱”的。传说她创造了人类。

女娲一定是按照自己心中最好的想象，并结合自己的模样创造出了人类。她和游戏中的小孩子一样专心致志。她用水和着泥，对着水中的自己，精心地捏出人的每一个部分。要有眼睛看美好的景色，要有耳朵听天籁之声，要有嘴巴品尝甜美的果实，要有鼻子闻漫天的花香，要有一颗活泼跳动、能感知悲喜的心，要有像自己的手一样的巧手，要有能够翻越千山万水的双足……她做得那么高兴，那么投入。她调整好小泥人的形状，吹了一口仙气，然后将小泥人轻轻放到大地上，小泥人一下子跳跃了起来，在女娲的脸上甜甜地亲吻了一下，仿佛在感谢她呢。女娲的心都醉了，她觉得世界一下子有意思了，她的人生，哦不，是“神生”一下子有了价值！于是她夜以继日地捏着泥人。泥人们越来越多，他们或者成双成对，或者三五成群，或者独来独往，很快就散布到山川大地上去了。很快这些地方就多了他们欢快的声音。

可是，女娲也和盘古一样，终于累了。她不能像最开始那样精心捏制小泥人了。她喃喃自语：“哎呀，哎呀，小人儿都长大了，我也老了呀。可是呢，我不能放弃，我要将这生命中最有意义的事情继续下去！”她实在是累坏了，所以她只能随手捡起一条绳子，浸入泥潭中，向地面上一挥，好多小泥点散落开来。说来也神奇，小泥点一下子就有了形状，舒展开手脚，竟然也变成了小人。女娲笑了：“这样太好了，我就可以造更多的小人啦！”于是她不断挥动着绳子，这下造小人的速度更快了。小人们一下子就遍布大山、大草原、大森林了。

但是有一天，女娲却听到了一阵很凄凉的声音，好像是哭声。她循声望去，只见自己做的一些泥人已经倒在地上，再也不能笑不能闹了，其他人惊讶而悲伤地围着倒下的人，不知发生了什么事。“怎么啦？哦，原来他们既然有了生，便会死。他们已经走到生命的尽头了，唉！”女娲叹了一口气，大地的各个角落都传来了哭声。女娲想：“哎呀，不行啊，我也老了，有一天也会像盘古一样死去，我不可能永不停歇地制作人，他们得自己繁衍生息才行啊！”

于是女娲为自己增加了一项新工作。她变成了人类的媒人，让男人和女人相爱、结合，并确立了婚姻制度。一个个小家建立了起来，于是人类可以自己繁殖后代，旧的一代故去了，新的一代又长成了。所以，女娲不愧是人类的始祖神啊。

多多：哦，女神真的好厉害啊！

妈妈：是啊，女神是很厉害，原始社会有一个阶段是母系氏族时期，那个时候女性在社会生活中发挥着关键作用，享有较高的威望。

多多：女性为什么享有很高的威望呢？

妈妈：因为那个时候人们的食物主要靠女性采集，男性狩猎的成功率其实是很低的，人类的生存主要靠女性的劳动；另外，大家都认为，人类得以代代相传，主要有赖于女子的生育。所以女娲这样的女性创世大神的形象，就非常光辉灿烂了。

多多：哦，我终于知道女神有多厉害了！

神话原典

原文：传言女娲人头蛇身，一日七十化。

——《楚辞·天问》

译文：据说女娲长着人的脑袋、蛇的身体，一天有七十种变化。

原文：俗说天地开辟，未有人民，女娲抟黄土作人。剧务，力不暇供，乃引绳絙于泥中，举以为人。

——《太平御览》

译文：传说天地开辟之后，没有人民。女娲捏黄土造人，由于工作太繁忙了，体力不能满足需要。于是她用大绳子蘸泥巴，举起绳子来，泥点子掉下来，就变成了人。

探寻“神奇”

小朋友也可以用橡皮泥捏一个人哦，你觉得他（她）应该长什么样呢？

钻木取火

——美食的起源

妈妈： 多多，你觉得是现在的人厉害，还是以前的人厉害？

多多： 当然是现在的人啦，现在有飞机、高铁、手机，以前的人可造不出来这些东西哦。

妈妈： 那你觉得是发明手机厉害，还是发现火厉害呀？

多多： 好像是发现火更厉害。

妈妈： 为什么呀？

多多： 我觉得没有手机，人还是能正常活下去的；没有火，人的生活就非常艰难了。

妈妈： 你说得很对！

女娲抟土造人，她造的那些小人遍布世界，虽然都有生老病死，但是他们还是努力地生活着、进步着。他们起先就是万物中的一种，和狼、羊这些野兽差不多，不对，不是差不多，是差多了！因为和动物相比，他们跑得不够快，跳得不够高，力量不够大，而且数量少得可怜。他们太弱小了，没有办法和禽兽虫蛇对抗。但他们有自己的优点，那就是他们会思考，会想出各种好办法来。比如说既然自己没有动物那么厉害，那么想个办法，躲到一个安全的地方去！一开始人们会找一些天然的地

方，比如山洞躲起来。后来呢，一个很有智慧的人，在树上用木头、树枝造了一个巢，让大家住在里面。估计鸟儿看了会很郁闷：这是什么情况，是不是抄袭我们呀？那个有智慧的人，就被称为有巢氏。

解决了住的问题，人类又慢慢解决吃的问题。一开始人类像动物一样，住在山边的人就吃鸟兽，住在水边的人就吃鱼、虾、蛤蜊之类的东西，当然都是生吃的，味道不好，对肠胃的伤害也非常大，所以当时人类的寿命也很短。

当时有个日月之光照不到、常年昏天黑地的地方。那里长着一棵参天大树，它的枝条是如此盘曲，就像是随风舞动的火苗，那棵树的名字叫燧木。有一个圣人经过那里，所谓圣人，从某种意义上说就是有智慧或者有德行，在某方面做出突出贡献的人。圣人走累了，就在树下休息。在一片黑暗中，他听到有鸟儿拍打翅膀的声音。那鸟儿飞到树上，他又听到了鸟儿啄树枝的声音。突然，他眼前一亮！鸟儿每啄一次树枝，枝条上就会绽放出一簇灿烂的光芒。他似乎明白了什么，就模仿鸟儿，用尖尖的小枝条去钻那燧木，于是，他得到了人类第一缕漂亮的火焰。那火焰太明亮，以至于把燧明国都照亮了呢。后来呢，那火焰就遍布了人的世界，也照亮了人类世界。火光闪闪，映照着人们兴奋的面庞。人们在火边取暖、跳舞。柴火发出“噼噼啪啪”的声音，火上的烤肉散发出迷人的香味。人们不仅用火来取暖、驱逐动物，还知道吃熟食呢！这可是人类的一大进步哦，比发明手机了不起多了。所以，大家恭恭敬敬地尊称那个圣人为燧人氏。在某些版本中，他甚至跻身“三皇”之列呢！当然，除了圣人之外，那启发了圣人的鸟儿（据说就是啄木鸟），也被燧人氏尊为图腾。

当然还有一种说法，不是钻木取火，而是击石取火。不管哪种说法，发现火这件事令我们肃然起敬，因为它表明了上古的人们在生活中、劳动中，在与自然打交道的过程中不断观察、思考，不断发现。其实呢，根据考古发现，早在燧人氏之前，人们就已经知道自然火、利用自然火了。而燧人氏呢，他的功劳是使人类从利用自然火进步到了人工取火，这是一次非常大的突破。

多多：妈妈，你讲了故事之后，我都饿了，我好想吃烤肉啊！

妈妈：哈哈，知道食物的重要性了吧？知道要做一个吃货也不容易了吧？其实，一部文明发展史就是一部衣食住行史呢。

多多：好啊好啊，我想知道更多关于吃的故事。

妈妈：不急不急，以后听我慢慢道来哦。

多多：好的，妈妈，那我先去找点吃的了！

神话原典

原文：上古之世，人民少而禽兽众……民食果蓏蚌蛤，腥臊恶臭，而伤害腹胃，民多疾病。有圣人作，钻燧取火，以化腥臊，而民悦之，使王天下，号之曰燧人氏。

——《韩非子·五蠹》

译文：上古的时候，人民少动物多……人们生吃果蔬和蚌蛤的肉，这些食物不仅闻起来有腥臊的恶臭，而且吃下去会伤害肠胃，很多人因此生病。后来出现了一个圣人，他钻木取火，将食物烧熟，化解了腥臊之气，人们很高兴，就让他当天下的王，尊称他为燧人氏。

探寻“神奇”

最适合小朋友做的熟食就是煮鸡蛋啦，试着在家长的帮助下煮熟一个鸡蛋吧！

神游华胥
——梦中的快乐

妈妈： 多多，你喜欢待在什么样的地方呀？

多多： 妈妈，我喜欢待在一个自由自在、永远快乐的地方。

妈妈： 古希腊有一个“黄金时代”。当时，那里的人们都生活在快乐之中，每个人每天都是甜甜蜜蜜的。

多多： 我们现在也是这样的。那神话世界中有这样的地方吗？

妈妈： 我想想，应该有。神话里的华胥国也是这样的地方。而且小朋友比大人更容易去那里。

多多： 真的呀？

华胥国是个神仙国度。你不能骑马去、乘车去、坐船去，只能靠神游到达那里。据说，黄帝曾经做梦到过那里。这对小朋友来说很简单，小朋友想象力非常丰富，随随便便就能去华胥国那样的神仙国度。那里的人很快乐，没有太多的欲望，一切顺其自然：大抵就是想吃就吃，想睡就睡；和人不过分亲近，也不过分疏远；到了水里不会淹死，到了火里不会感觉到热；在空中飞行就像善飞的鸟，在虚空中睡觉就像安睡在床上。人们每天都是这样，很淳朴、没有过多想法地生活着。

《老子》里有这么一句话："夫唯不争，故天下莫能与之争也。"老子，是春秋时期道家的创始人，道家讲求顺其自然。这句话的意思就是，你如果本来就不想与别人相争，那天下就没有人来与你相争。这感觉说的就是华胥国的国民。

这个国家的一个姑娘，每天悠悠闲闲地行走着。走啊走啊，她就来到一片巨大的沼泽地。她看着水草遍布沼泽，看着水鸟掠过，没有大喜大悲，一直很安静。她对自然界的一切有一种发自内心的喜欢。

她到的地方叫作雷泽。雷泽可是雷神的属地。雷神长得很奇特：有着人的脑袋、龙的身体。他出入水中，必然会带来风雨。他常常敲打自己的肚子，发出惊天动地的声音。他敲打肚子的时候特别有意思，感觉是在打鼓。

不过这姑娘应该没有见到雷神，只见到沼泽地里有一个巨大的脚印。她觉得很有趣，就走过去，将自己纤细的小脚轻轻踩在那个大大的脚印上面，想做一个有趣的对比。刹那间，她感觉有一种令人震撼的力量从脚底传来，甚至自己的身体也被注入了这种力量。她有点惊讶，但很快又继续漫游了。

姑娘回到家，发现自己怀孕了，那就顺其自然，把孩子生下来吧。这个新出生的孩子长着人的脑袋、蛇的身体。于是，姑娘给他取名叫伏羲。伏羲既然是雷神的儿子，当然就有好多神通广大之处。他是赫赫有名的"三皇"之一，我们在后文也会隆重介绍他。

说到这里，又想起一个后来的故事，说的是上古女子姜原，她在郊外也看见了一个巨大的脚印，也踩了上去，和上面那个姑娘一样，她也怀孕了，后来生下了周代的始祖后稷。看到那个故事，真想在后面添一句话："本故事纯属虚构，如有雷同，纯属巧合。"到底是谁抄袭谁啊？这样的故事，一方面说明了主人公的不同凡响、天生高贵；另一方面呢，其实反映了当时知其母不知其父的社会现象，也就是说，这些故事大概发生在母系氏族社会的时候，那个时候女性的地位较高，代与代的传承都是建立在母系血缘关系之上，所以会发生这样只知道妈妈、不知道爸爸的状况，所以神话也是可以解码的哦。

妈妈：多多，你愿意去华胥国这样的地方吗？

多多：这个地方的快乐，好像也不是我们现在说的那种快乐。

妈妈：是啊，华胥国的快乐，或者后来的老子、庄子所说的快乐是，没有占有欲，就没有失落和痛苦。这和现在大多数人对快乐的理解不同哦。

多多：原来快乐也有不同的理解呀！

妈妈：其实你不用想太多，因为现在的你们无忧无虑，就是最快乐的！

神话原典

原文：雷泽中有雷神，龙身而人头，鼓其腹则雷。

——《山海经·海内东经》

译文：雷泽里有雷神，长着龙的身子、人的脑袋。雷神敲打自己的腹部，会发出震耳的雷声。

原文：大迹出雷泽，华胥履之，生伏羲。

——《太平御览》

译文：雷泽中有一个大脚印，华胥踩在上面，就怀孕生下了伏羲。

探寻“神奇”

小朋友一定做过许多让大人匪夷所思的梦，讲一个自己做过的梦，让爸爸妈妈也神游一番。

伏羲与八卦

——上天入地的思考

多多： 妈妈，上次你说伏羲出生了，我想听伏羲的故事。

妈妈： 伏羲的故事有点复杂，一次还讲不完呢。多多，你听说过“三皇五帝”吗？

多多： 听说过，不过我不知道他们是谁。

妈妈： 伏羲就是“三皇”之一。有的时候，神话也是一种历史，它会引导我们去想象人类早期的生活。

其实呢，讲神话会遇到一个问题：既然是神话，就不会那么有体系、有规律、有因果之间的联系。神话会有各种版本，就像“三皇”，也有好几个版本，什么“天皇、地皇、人皇”，什么“燧人、伏羲、神农”，什么“伏羲、神农、黄帝”，什么“伏羲、女娲、神农”。不过，伏羲和神农的上榜率还是比较高的。关于伏羲的故事也很多。

有一天，伏羲和随从去游黄河，只见河水突然分开，一个庞然大物从水里奔腾而出。定神再看，他们才发现那是一匹奇特的马。它的身上披着明亮的龙鳞，还长着一对翅膀。它在水中奔跑，就像在平地上行走一样自如。不过，这些都不算神奇，更让人惊讶的是，神马的背上有神秘的图案。大家争着去看，但又被马的气势和怪异所震慑，不敢太靠近。伏羲却走过去，仔细地看着这图案，欣喜万分。他把那图案画在石头上，后来又画在竹板上。无独有偶，当时洛水也发生了一件好玩的事情：洛水的河水也突然分开，出现的不是神马，而是一只巨大的神龟。神龟的背上负着书。后人将二者并称为“河图洛书”。伏羲得到了这神秘的图和书之后，苦苦推敲，终于推演出了八卦。

八卦就是乾、兑、离、震、巽、坎、艮、坤。小朋友不要被这些一本正经的文字吓着了，其实它们对应的就是日常生活、天地万物，如果把它们按秩序对应自然，就是天、泽、火、雷、风、水、山、地；如果把它们对应动物，就是马、羊、鸟、龙、鸡、猪、狗、牛。八卦还可以对应家人、人身体的各个部分、季节等。后来伏羲从八卦又推演出了六十四卦。其实伏羲就是把原本没有秩序、没有关系的天地万物归了一下类。这样一来，无限、多样的自然界就变得完整统一，而且内部发生了联系。

伏羲不愧是雷神之子，就是这么神通广大。看，推演完八卦，他又要出发了，让我们偷偷跟着他走一趟吧……

他一直往南走呀走呀，走到了一座神奇的山中，山上有一棵巨大的树。抬起头，看不见树的顶端！正午的太阳之下，没有树的影子。在那里放声呐喊，没有回声。奇怪呀，为什么没有影子和回声？伏羲又去哪里了呢？他正沿着树往上走，飘飘忽忽间，一会儿就不见了踪影，消失在天际。原来伏羲去的这个地方叫都广，这棵树叫建木，树就长在天地的正中间，所以太阳照着也没有影子。这棵树是连接天地的天梯，天神就是从这里上天下地的，伏羲这次是去了天上呢！难怪他可以用自己的智慧把天地都概括出来。

很多学者把伏羲的地位抬得很高，甚至认为中华上古的文明是从伏羲氏开始的！

多多：我也经常编故事，想着怎么去天上。

妈妈：那你说说，如果要到天上去有哪些方法呀？

多多：可以长出翅膀飞上去，可以骑着扫帚飞上去，

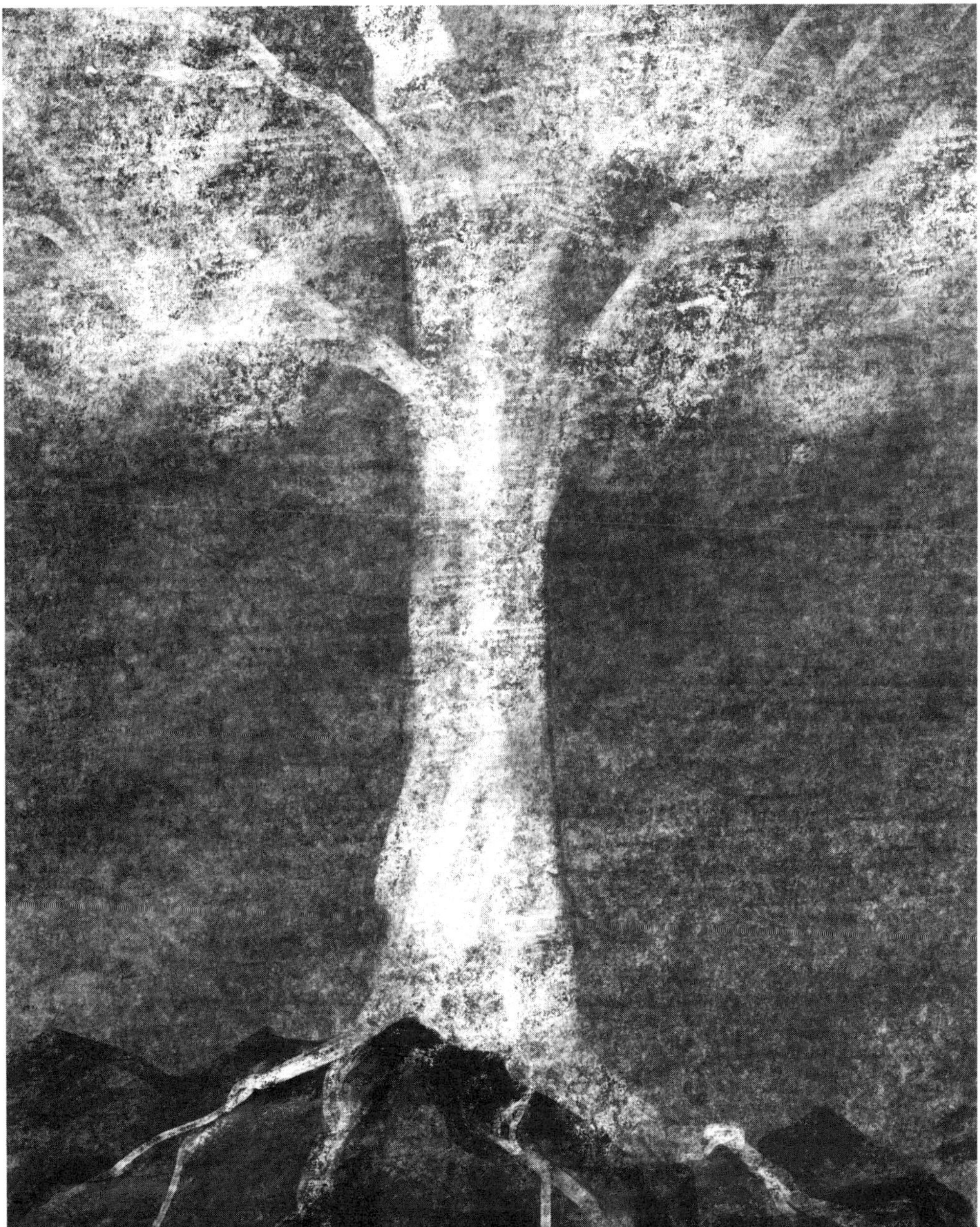

可以骑在龙身上飞上去，可以乘着一阵大风飞上去。

妈妈： 哪一种更浪漫啊？

多多： 还是有一对翅膀更浪漫，更自由，更美丽。

妈妈： 你说得很有道理，凭自己的力量上去是最好的。

多多： 不过，还有一种最方便的办法。

妈妈： 是什么？

多多： 就是妈妈说过的神游啊！

神话原典

原文：《易》曰：“河出图，洛出书，圣人则之。”刘歆以为伏羲氏继天而王，受“河图”，则而画之，八卦是也。

——《汉书·五行志》

译文：《周易》书中说：“黄河出‘图’，洛水出‘书’，圣人依此作卦。”刘歆认为这讲的就是，伏羲氏为天神之子，称王于天下，他得到了“河图”，按照它画出来，就推演出了八卦。

原文： 建木在都广，众帝所自上下。日中无景，呼而无响，盖天地之中也。

——《淮南子·地形训》

译文： 建木在南方的都广，是许多天神上下的地方，日中时没有影子，呼唤时没有回声，大概是天地的正中央。

探寻“神奇”

小朋友可以想象一种上天入地的独特方法，然后与爸爸妈妈分享一下哦。

伏羲的婚姻

——女神又来啦?

多多: 妈妈，你上次说的那个伏羲那么厉害，那他后来和谁结婚了呀?

妈妈: 这个问题比较复杂，据说他和女娲结婚了。

多多: 啊，怎么会呀?女娲不是抟土造人的吗?那她比伏羲老很多很多啊。

妈妈: 女神是不老的哦，不过这件事情确实说来话长……

其实吧，神话是有很多版本的，关于同一个神的说法也不一样。这件事情很简单，比如让一群小朋友讲同一个故事，每一个小朋友都会讲得不一样，何况是不同地方的人、不同年代的人呢!

女娲抟土造人那个版本，显示出女娲是个早期的、独当一面的女神。而她和伏羲结婚这个版本，流传在西南地区苗族、瑶族等少数民族中。不要以为这只是口耳相传的故事。汉代出土的石刻画像里，我们就能看到伏羲、女娲亲亲密密地在一起，他们上半段是人的身体，下半段是缠在一起蛇的样子。不要害怕，其实早期的神都是这种半人半兽的。

据说人类得罪了雷神，雷神引来了滔天的洪水。在这场灾难中，

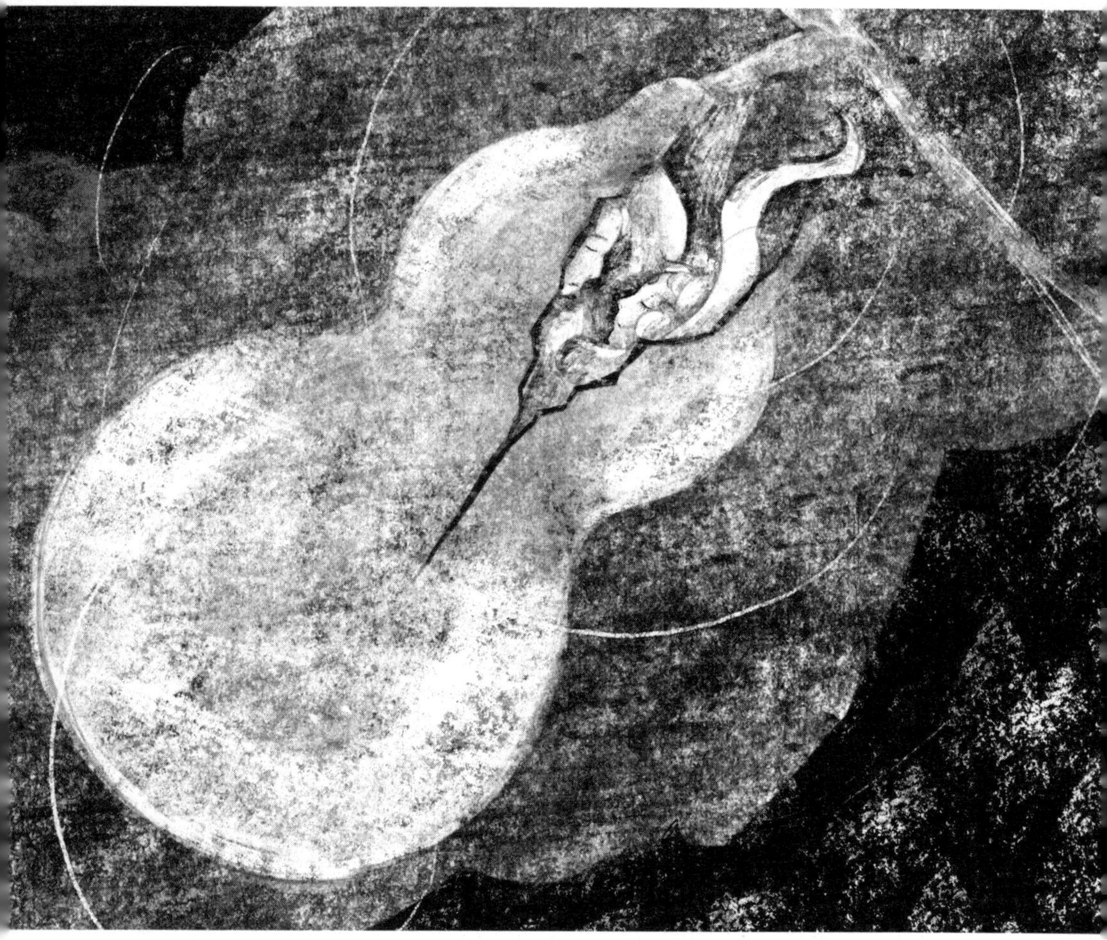

天地间的一切都被洪水淹没了，只有一个大葫芦孤零零地漂荡在天地之间。洪水退去之后，葫芦里面钻出了两个孩子—— 一男一女，他们就是伏羲与女娲。他们本是一对兄妹，躲在葫芦神器里逃过了一劫。

世界上只剩下他俩啦，人类如果要传承下去，他们非结婚生子不可。于是，哥哥请求妹妹嫁给他。妹妹不愿意，但禁不住哥哥的苦苦央求，于是说："这样吧，你来追赶我，如果能追上我，我就嫁给你。”妹妹跑得太快了，像一阵风，像天上的闪电。两个人围着大树跑，跑得飞快。哥哥灵机一动，突然停下步子，转身向相反的方向跑，妹妹躲闪不及，一下子就被哥哥拦住了。于是，妹妹只好嫁给了哥哥。

伏羲和女娲成婚后的第二年，女娲生下一个肉球。伏羲一看，以为是个大怪物，于是拿刀去砍，肉球裂开了，变成许多细碎的小块。这些细碎的小块被一阵大风吹散，就像落叶一样漫天飞舞，等落到地上，都变成了小人。他们活蹦乱跳地围着女娲和伏羲叫爹娘，他们两人欣喜若狂，抱抱这个，摸摸那个，忙得不亦乐乎。

看来女娲造了两次人呢，她真是名副其实的生育神啊。但第一次造人的女娲是女神，第二次造人的女娲好像只是个普通女子了。其实此女娲非彼女娲。

伏羲与女娲的结合，应该是两个原始氏族的结合。我们前面说了，母系氏族社会时期，女性独当一面，所以产生了女性崇拜。而女娲呢，就是女性崇拜中的大神。女娲可能是古代中原一个部落的首领，后来被尊为创世之神，这个部落以蛙为崇拜物。为什么是蛙呢？据说婴儿的叫声和青蛙的叫声很像，而青蛙又是繁殖力非常强的动物，所以蛙成为这个部落的图腾。而伏羲的时代，已经进入了男性崇拜的时期，以鸟为崇拜对象。所谓女娲和伏羲兄妹结婚拯救了人类，真正的意思应该是两个原始氏族结成联盟，共同对抗灾难，才得以繁衍生息。

另外一件有意思的事情就是，我们的神话中有一些成双成对出现的形象，如女娲与伏羲、日与月、龙与凤、西王母与东王公，以后我再慢慢道来。

多多：我不喜欢这么丑的神，人的脑袋，蛇的身体，好奇怪啊！

妈妈：早期神的形象都是这种半人半兽的。因为人的力量太薄弱，所以他们要借助于自然的力量，借助于比他们更强的动物。你要是喜欢美丽的神，可以去读古希腊神话。

多多：我读过古希腊神话，每个神都很帅很美。男神中最帅的是阿波罗，女神中最美的是阿佛洛狄忒，他们都长得和人没什么两样啊。

妈妈：是啊，古希腊神话的一个特点就是神人同形同性。他们不但长得差不多，而且每个神都有自己的优点、缺点。其实神的优点和缺点就是人的优点和缺点的放大呢。

多多：但是那样的话，我又觉得他们不像神了。

妈妈：没错，因为古希腊的神就是根据人自身来塑造的。多多，你别着急，你会发现中国的神也是会越变越美的。

多多：好，我等着！

神话原典

原文：昔宇宙初开之时，止女娲兄妹二人在昆仑山，而天下未有人民。议以为夫妇，又自羞耻。兄即与妹上昆仑，咒曰：“天若遣我兄妹二人为夫妇，而烟悉合；若不，使烟散。”于是烟即合。其妹即来就兄。

——《独异志》

译文：宇宙刚形成的时候，天地之间只有女娲兄妹二人生活在昆仑山，当时天下还没有生民，他们想结为夫妻，但又自觉羞耻。兄妹二人就到昆仑山上祷告说："如果上天有意让我兄妹二人结为夫妇，就让这些云烟聚合；如果不能，就让云烟四散吧。"之后云烟聚合。就这样，兄妹二人结成夫妻。

探寻"神奇"

小朋友可以试着画一个心中的女神。

廪君立巴

——爱情败下阵来

妈妈：上次说到女娲，你一定觉得女神很厉害吧！但是渐渐地，女神们的力量就越来越弱了。

多多：为什么啊？

妈妈：女神一般代表着母系氏族社会，而后来父系氏族社会取代了母系氏族社会。

多多：那爸爸和妈妈不能好好地在一起吗？

妈妈：是啊，有的时候，人们考虑问题不仅仅是从情感出发。

上次我们讲了伏羲，还说他曾经去建木那边，从地上走到了天上。建木呢，就在南方，伏羲的一些后裔就在离建木很近的地方——中国的西南部开疆辟土，我们称他们为巴族。巴族一共有五姓，他们住在武落钟离山，就是现在的湖北长阳土家族自治县一带。巴氏的孩子住在红色的山洞里，其他四姓的孩子都住在黑色的山洞里。

大家既然住在一座山中，就希望选出一个首领。他们都是相信鬼神的，于是约定派代表掷剑到石洞中。谁能掷中，就选谁为首领。这个很有难度，一定要稳、狠、准才行。这个时候有个孩子脱颖而出，他就是代表巴氏的务相。后来大家又约定分别乘着土船从夷水出发到盐阳，沉下去就算输，坚持到最后就算赢。这个更厉害了，赢的人不仅造船工艺要胜人一筹，还要胆大心细。一路上众人呐喊助威，土船也渐渐被水打湿，越来越难以航行。终于其他四条土船支撑不住，要么倾覆了，要么散架了，只有一个英姿勃发的少年，立于一艘窄窄的土船上，乘着风飞速前行……就这样，在欢呼声中，务相成了五姓人的领袖——廪君。

少年划舟的英姿，不但打动了五姓人的心，也让盐水的女神如痴如醉。就这样，盐水女神爱上了廪君。她飘然来到廪君的面前，说："我这里幅员辽阔，盛产鱼盐，你愿意留下来吗？"廪君看着美丽的女神，有点犹豫，但最终摇了摇头。他在想什么呢？是因为他觉得远大的志向比爱情更重要吗？

女神还想留住自己的心上人，于是晚上偷偷跑来陪伴廪君入睡，而到了白天，她就化为数不清的飞虫，遮天蔽日，让天地都变得昏暗，让人们难辨方向。她就是那么执着，只是为了爱情。

就这么过了十几天，廪君送了她一缕自己的发丝，向盐水女神表白："我愿意与你永远在一起，请你收下这信物，让这发丝如我一般，永远陪伴着你。"痴情的女神欣喜若狂，将发丝缠在身上。

第二天白天，当漫天的飞虫遮蔽着人们的视野时，廪君那俊美的脸十分深沉、严肃。他望向昏暗的天空，努力分辨着。他终于看见一缕发丝飘飘荡荡地飞舞着。他张弓搭箭，迟疑了很久，但还是松手了。那箭离弦而去，直入云霄，而空中突然传来了一声叹息。刹那间云开雾散，人们不禁用手遮住了眼睛；等再注视时，所有的飞虫都已经不见了，眼前照旧是青山绿水。而那盐水女神，从空中飘落，沉入水中，再也见不到了。

廪君伫立了很久很久，族人们纷纷聚来。他向他们招了招手，于是大部队浩浩荡荡，去往更广阔的天地……

多多：我不喜欢这样的结局，我不喜欢廪君。

妈妈：是啊，妈妈也觉得很惆怅，但是妈妈觉得廪君是一个真正的英雄啊。毕竟，他开辟了巴族人的广阔天地。

多多：不能既珍惜爱情，又成为英雄吗？

妈妈：多多，你和大部分人想的一样呢。后来啊，那一带的人们同时祭祀两个人，或者说是两个神。他们在廪君的旁边立了盐水女神的像，他俩又在一起了呢。

神话原典

原文：巴郡南郡蛮，本有五姓：巴氏、樊氏、覃氏、相氏、郑氏。皆出于武落钟离山。其山有赤、黑二穴，巴氏之子生于赤穴，四姓之子皆生黑穴。未有君长，俱事鬼神，乃共掷剑于石穴，约能中者，奉以为君。巴氏子务相乃独中之，众皆叹。又令各乘土船，约能浮者，当以为君。余姓悉沉，唯务相独浮。因共立之，是为廪君。乃乘土船，从夷水至盐阳。盐水有神女，谓廪君曰："此地广大，鱼盐所出，愿留共居。"廪君不许。盐神暮辄来取宿，旦即化为虫，与诸虫群飞，掩蔽日光，天地晦冥。积十余日，廪君伺其便，因射杀之，天乃开明。廪君于是君乎夷城，四姓皆臣之。

——《后汉书·南蛮西南夷列传》

译文：巴郡是南郡蛮族，原有五姓：巴氏、樊氏、覃氏、相氏和郑氏。他们都发源于武落钟离山。钟离山有一个红色山洞和一个黑色山洞，巴氏的孩子住在红色山洞中，另外四姓的孩子都住在黑色山洞里面。他们没有首领，都侍奉鬼神，于是一同向一个石洞投掷剑，约定谁能投中，就拥戴他为首领。唯独巴氏的孩子务相投中了，大家都惊叹不已。他们又让各人乘着用泥土做成的船只，约定谁能漂浮在水面上，就以他为首领。其他姓氏的孩子乘的船都沉了，唯独务相的船浮在水面上。因而大家一同拥戴他为首领，他就是廪君。廪君于是乘坐泥土制作的船，从夷水到达盐阳。盐水有位神女，对廪君说："这地方幅员广阔，是出产鱼和盐的地方，希望你留下来一同生活。"廪君不答应。盐神晚上总是来和他同宿，天明就变成虫子，与许多虫子一起飞舞，把阳光遮蔽了，天地一片昏暗。过了十多天，廪君窥见机会，就用箭射杀了盐神，天空这才恢复了明亮。廪君于是在夷城当了君主，其他四姓都臣服于他。

探寻"神奇"

神话和民间故事就是要大家不断去讲述的，如果有小朋友不满意这个故事的结局，可以把故事重新编一下，想一个你满意的结尾。

神农尝百草
——进入植物的世界

多多：我想把“三皇”的故事听完。

妈妈：这个有一点复杂，因为像上次说的那样，“三皇”的版本不一样，但焦点集中在伏羲、女娲、燧人、神农身上。其他三个我们都说过了，这次就说说神农吧。

多多：我听说过神农，他尝百草。

妈妈：对，妈妈觉得他的功劳很大，很独特，上榜率又高，妈妈喜欢伏羲、女娲、神农这个版本的“三皇”。

多多：现在的很多排行榜也都会变。

妈妈：没错，所以我们就不要太纠结了，还是听故事好玩。

每一个伟大的人都有伟大的成就，比如之前讲的女娲，创造了人；燧人氏，学会了人工取火；伏羲，推演了八卦。神农氏的贡献也是独一无二的，他发现了谷物，是农业之神。

神农刚刚出生的时候啊，九口井的井水都连在了一起。汲取一口井的水，其他八口井的水也会荡漾，人们觉得好神奇。那水透明澄澈，而神农呢，他的皮肤是透明的，隐约能看见他的五脏六腑。他渐渐长大，喜欢行走、跳跃于自然之间。他俯下身去亲吻每一种草，抬起头来期待阳光和雨露，让花儿草儿长得更好。有一天，他像往常一样奔跑于自然之间，突然感觉有雨珠坠落，一滴、两滴、三滴……还夹杂一种好闻的清香。他抬起头来，看见漫天飘飘洒洒的“雨珠”，竟是一场金色的雨呢。他用手去接那“雨”，发现不是水滴，而是一粒一粒细小的金色种子。他欣喜地将头发上的、身上的、草上的、地上的种子收集起来。他知道，它们需要泥土，需要甘霖。他收拾好一片土地，将种子小心翼翼地撒下去。很快，种子发芽了，一片嫩绿，偎依在大自然中，像许多小小的婴儿一般——那确实是人类最早孕育的谷物啊！慢慢地，嫩芽变成了金穗，铺满了大地——那就是粟，也就是现在我们所说的小米。那黏黏的、清甜的谷物，很快就成为人类热爱的食物。

人们学着神农的样子，开垦土地，种植粟米，很快地，大地上就是一片又一片的金色了。神农心满意足地走了，他还有其他重要的事情要做呢！

他来到水边、山上，俯身观察每一棵植物。在我们眼里，那只是一片深浅不一的绿色；在神农眼里，每一棵植物都是那么独特，长得不一样，脾气不一样，本领也不一样呢。神农每遇见一种不同的植物，就放入嘴中，尝尝那植物的味道，并且观察自己的身体，看那植物进入身体之后，五脏六腑会发生怎样的变化。他尝尽了百草的滋味，曾经一天中毒达七十次。由于他太了解植物了，所以他也能很快化解不同的毒性。这样，他就知道哪些草能为人所用。

还有一种说法，说神农有一条赤色的鞭子，把鞭子甩到草上，就能知道这种草的平毒寒温之性了。

不管神农是“尝药”还是“鞭药”，都很神奇啊。但是我更愿联想到那莽莽苍苍的上古，人们穿行在各种各样的植物之中，他们用了多少年、多少代才慢慢熟悉了植物的习性，让植物为人类所用。

刚才我说神农有独特的贡献，发现谷物则是非比寻常的贡献，中

国一直是个农业大国，神农当之无愧是农业之祖。而中药和中医的传统，在全世界都是最独特的。

妈妈：多多，小的时候我生活在山里面，也是尝过“百果”“百花”的呢。

多多：真的吗？

妈妈：是啊，山里有很多野果，很好吃的。随便摘片叶子，就可以吹出好听的声音；随便摘朵凤仙花，就可以染指甲；随便摘个蓖麻的秆子，就可以做耳环；随便采些野菊花，就可以卖给医院做中药。

多多：哇！你说的这些，我最想用凤仙花染指甲。

妈妈：好啊好啊，你可以试一试呀！最重要的是你要关注花花草草、热爱花花草草。

神话原典

原文：神农既育，九井自穿，汲一井则众井动。

——《史记·补三皇本纪》

译文：神农刚刚诞生的时候，九口井的井水连在了一起，汲取一口井的水，其他井的水也会荡漾。

原文：（神农）尝百草之滋味……一日而遇七十毒。

——《淮南子·修务训》

译文：（神农）尝百草的味道……一天中毒达七十次。

原文：神农以赭鞭鞭百草，尽知其平毒寒温之性，臭味所主，以播百谷，故天下号神农也。

——《搜神记》

译文：神农用赤色的鞭子鞭打各种各样的草，详细了解它们是有毒还是无毒、是寒热还是温凉的性质，并通过它们的味道了解它们的作用，然后播种各种谷物，所以天下人尊称他为神农。

探寻“神奇”

春天的时候，你可以和妈妈一起去田边挖荠菜和马兰头，品尝一下春天的味道哦。

“三皇五帝”
——那些排行榜

多多：妈妈，讲了“三皇”，还有“五帝”呢。

妈妈：是啊，听起来“三皇五帝”很顺口，感觉也很有系统，其实里面有好多梳理不清楚的问题，要去认真了解。

多多：妈妈，那么早以前的事情，我们通过什么来知道呀？

妈妈：多多，要好好学习、天天向上才行。

多多：怎么学习呢？

妈妈：我们起码可以通过三条途径来学习：第一是古代流传下来的典籍，也就是古代的书；第二是考古发现；第三是口耳相传的神话及民间故事。

多多：那我还是通过第三种方式吧，我要听故事！

在讲故事之前，妈妈想要理一下思路，这样才能讲得更明白。怎么理思路呢？我们先从炎帝说起吧！

第一个问题是，他和上次讲的神农氏到底是什么关系？

很多人说神农氏就是炎帝，炎帝就是神农氏。其实最简单的思路就是，神农并非一个人，而是一个氏族，而其首领的称号是炎帝，所以神农氏有可能就是第一届炎帝。后来蚩尤氏也被称为炎帝，不知道是第几届了。我们之前说过女娲，好像也遇见过这个问题。

接下来的一个问题是，他到底是“三皇”之一，还是“五帝”之一？

我们如果把史书中的排行榜列一下，“三皇”一共有八个版本，被提到最多的三位是伏羲、神农、燧人，他们也刚好代表了从渔猎时代到早期农业时代的发展历程。所以从神农氏种植谷物这件事来看，我们把他放在较早的“三皇”阶段更合适。

而“五帝”的排行榜也很多，用神话思维来理解概括那么久远的岁月，当然不会非常精确，可能会引起很多争议。所以，我们会选择其中的一个版本讲给小朋友听。

小朋友一定都知道伟大的历史学家司马迁，他写了中国第一部纪传体史书——《史记》。所谓纪传体，就是以人物传记为中心，叙述史实。司马迁创造了这个体例，后来的人继承了，到清代为止，一共出现了二十四部这样的史学作品，被称为“二十四史”。“二十四史”可厉害了，讲述了中国从上古到明代的历史。现在我们讲述中国的神话故事，觉得中国的神话零零碎碎，好像不太连得起来，其中一个重要的原因就在于中国人较早地把注意力放在了“人”的世界，而不是“神”的世界。所以中国的历史学很发达，史学作品非常多，对人事的发展记录得特别详细；相反，对“神”的记录就少多了。

《史记》里有一篇《五帝本纪》，说黄帝、颛顼、帝喾、尧、舜是五帝，我们就采纳这个版本，相同的版本在《易传》《礼记》《春秋》《国语》中也可以见到。据说司马迁读万卷书、行万里路，他周游过大半个中国，到处采风。他对于上古的记录，很多来源于民间故事，并且结合了看过的书，所以他的观点还是比较靠谱的。

总结一下，我们故事中的“三皇五帝”，“三皇”就是燧人、伏羲、神农，“五帝”就是黄帝、颛顼、帝喾、尧、舜。而聪明的小朋友听到现在也一定明白了，其实“三皇”和“五帝”都不是一个个特定的人，

而是一个个上古部落。

多多：妈妈，你好像不是在讲故事啊。

妈妈：对，这次我没有讲故事，我只是把故事开了一个头，或者说是把所有的故事放在一个次序里面，就像小朋友“排排队、吃果果”一样。但是这个队排得也不算太整齐，因为我们讲的是发散性思维方式下的神话，是流传了几千年的故事，所以我们不能像做数学题那样精准。记住，不是所有题目都有标准答案的哦，尤其是想象性的东西。

多多：我明白了，怪不得一个神有好多种说法呢。

妈妈：是啊。就像小朋友们讲同一个故事，每个人都会讲得不一样哦。

神话原典

原文：伏羲始别八卦……燧人始钻木取火……神农，神者，信也；农者，浓也。始作耒耜，教民耕种，美其衣食。德浓厚若神，故为神农也。

——《风俗通义·三皇》

译文：伏羲氏才开始创作出八卦……燧人氏才开始钻木取火……神农，“神”的意思是“信”，“农”的意思是“浓”。（神农）才开始制作耒和耜，教人民耕田种地，让人们的衣服、食物更美好。他的德行如此之浓厚，就像神一样，所以称他为神农。

原文：昔少典娶有蛟氏，生黄帝炎帝。

——《国语·晋语》

译文：从前少典氏娶了有蛟氏，生下黄帝和炎帝。

探寻“神奇”

小朋友可以做一个小小的排行榜，把自己的兴趣按顺序列上去，看看自己未来可以成为怎样的人；也可以为家庭设计一些排行榜，比如家务排行榜、看书排行榜等。

炎帝的女儿（一）
——瑶姬化云

妈妈：多多，你感兴趣的漂亮女生来了！

多多：是谁啊？

妈妈：上次我们说了炎帝，今天来说说炎帝的女儿。

多多：她们有多美呀？

妈妈：美得像仙一样，美得像精灵一样，美得像云彩一样。

多多：真的呀？！

据说炎帝有四个女儿。今天先来说说其中的两个，她们都是如梦如幻的女孩。

我们要说的第一个女孩，只知道是炎帝的“少女”，不知道名字。她执着地追随炎帝手下的雨师赤松子。她看赤松子的神情是那么痴迷，如果我们随着她的视线看过去，也一定会惊呆的！我们会看见眼前有一团熊熊燃烧的火焰，火焰中似乎有一个泰然自若的人影，随着火舞蹈、旋转、变幻身形。不一会儿，这个人从火中信步而出，他就是炎帝的雨师赤松子。他常年服食水晶，出入烈火都没有问题。他穿着宽袍大袖，泠然而去，而“少女”便也跟着他而去，他们的身影很快消失在人间。你一定会问，他们去了哪里呀？原来他们一路向西，到了一个群山连绵的地方，那里终年仙雾缭绕、凡人难近。那里就是著名的神山——昆仑山。赤松子可以自在地随风雨上下，去拜访西王母。久而久之，“少女”也越来越有神通，她和赤松子一样，也成了仙人呢。

而炎帝的另一个女儿，叫瑶姬（或姚姬），虽然长得也是异常美丽，但她的命运让人叹惋。她的身体太孱弱，还没有结婚就死了，因为她葬在巫山的南面，所以又称为巫山之女。她死了之后，魂魄不散，来到姑瑶山，化作一株䔄草，叶子重重叠叠，会开出忧郁的黄色小花，还会结果，结出的果像菟丝的果实。人如果吃了那果子，就能得到其他人的宠爱。确实，瑶姬让人怜惜的就是她尽管如此美好，却没有享受到少女应该得到的情感。所以后来人们在神话中让她拥有了几段美丽的爱情。并且每当诗人经过巫山，看见那变化多端的山水，见到那据说是瑶姬所化的神女峰时，都会想起她来，写出许多美丽的诗句。

据说大禹治水的时候也请她帮过忙。大禹和随从看见她站在山巅，千变万化。她一开始变成巍峨的巨石，一会儿，巨石渐渐消散，变成青色的云袅袅升起，然后四散开，散到快要看不见了，便有漫天飞雨飘飘洒洒而来。那雨渐渐收至一处，变幻为一条澄澈的游龙。那龙飞至天上，身形渐小，又变成一只灵巧飘逸的仙鹤。这把大禹和他的随从都看呆了。原来，真正的神仙——确切地说是真正的女神，变化竟然那么多！不过在这个神话版本里，她不是炎帝之女，而是金母的女儿，金母就是西王母，这么一来她的地位也被抬升了。是不是因为人们喜爱她，就为她创造了一个升级版的故事呢？

妈妈： 多多，这两个女孩子美吗？

多多： 美！

妈妈： 你一般怎么形容女孩子的美啊？

多多： 宝石蓝的眼睛，玫瑰色的脸颊，瀑布般的长发。

妈妈：你的比喻也非常棒。

多多：我不希望瑶姬那么早就死了。

妈妈：是啊，所以她的故事是很令人叹惋的。正如她的形象，早上化作流动的云，晚上化作缠绵的雨，人们的惆怅也像流动的云和缠绵的雨一样。

多多：原来不仅人可以这么美，惆怅也可以这么美啊！

神话原典

原文：赤帝女曰姚姬，未行而卒，葬于巫山之阳，故曰巫山之女。

——《文选·高唐赋》

译文：赤帝（炎帝）的女儿叫姚姬，没有嫁人就死了，埋葬在巫山的南面，所以称她为巫山之女。

原文：又东二百里，曰姑瑶之山。帝女死焉，其名曰女尸，化为䔄草，其叶胥成，其华黄，其实如菟丘，服之媚于人。

——《山海经·中次七经》

译文：再往东二百里，叫作姑瑶山。天帝的女儿死在这里，她的名字叫女尸，她变成了䔄草。它的叶子重重叠叠的，它的花是黄色的，它的果实像菟丝的果实，吃了它可以使人变得妩媚讨喜。

探寻“神奇”

请你想些新奇的比喻句，来形容美丽的女孩吧。

炎帝的女儿（二）
——精卫填海

多多：炎帝还有别的女儿吗？

妈妈：有啊，有个像精灵一般的女孩子。

多多：是谁啊？

妈妈：是精卫。

多多：就是那个填海的精卫啊，我听说过。

妈妈：是的。

多多：为什么有些神话的结局那么忧伤呀？

妈妈：是啊，我们今天就来聊一下这个话题。

有个女娃，她是炎帝的女儿，是个自由自在的女孩，最爱山川自然。那时的天空好蓝，云朵好白，她喜欢看云朵调皮地改变形状；那时的草儿好绿，花儿好红，她喜欢看花儿、草儿在风中摇曳；那时的风儿好柔，水儿好清，她喜欢听风儿“叮叮咚咚”敲响溪水；那时的山好高，树好多，她喜欢听漫山遍野树叶合奏的声音。她是那么热爱自然中的一切，但是她最爱的，是广阔无边、湛蓝湛蓝的大海。

她一路漫游，终于来到了东海。她看见海水无边无际，水汽蒸腾，海上的云彩旋生旋灭。她感觉自己整个人都充满了激情与力量。她纵身跃入海中，就像一条快乐的小鱼。她仰面躺在海上，海水轻轻地摇动着她，那么温柔，就像是妈妈的怀抱；她翻个身，在水里灵巧地游动，仿佛是小蝴蝶穿梭在花丛中；她潜入水中，想象自己是鱼儿、虾儿、海蚌的好朋友……

然而，海上渐渐起了变化，海浪不再温柔，变得暴虐起来；海水不再湛蓝，变得乌黑浑浊。精卫在海里，显得那么小，只偶尔露出一点点的身影，被巨浪任意抛掷。她努力呼喊，划动手脚，试图探出水面，然而，她的身影渐渐看不见了。顽劣的海风、海浪安静下来了，整个大海一片死寂，大海是否也知道自己做错了什么。

突然，海上传来一声清脆而凄厉的鸣叫声，一只好小好小的鸟儿从海水中飞出来。那鸟儿的样子很像乌鸦。它不停地呼唤着，呼唤着自己的名字，好像要把自己的生命呼唤回来。这只鸟的名字叫精卫，它正是那女娃变的呢。那鸟儿在大海上久久盘旋，似乎想到了什么，展翅离开了大海，仿佛要离开那片令自己伤心欲绝的水面。过了很久，它又回来了。它从西山衔来了一小段树枝，扔进海里。那树枝在海里漂浮着，太细小了，似乎可以忽略不计。从此精卫就这么不停地奔波，把西山的树枝和石头衔来，一点一点丢在东海里。原来它是想把这片埋葬自己的海填平啊！很多年过去了，东海一直在那儿，而精卫也一直在呼唤着自己，一直在填着那片海……

多多：妈妈，为什么女娃这么好，却会被淹死？

妈妈：有可能那个时候的孩子容易早夭，你看瑶姬是这样，女娃也是这样。人们好怜爱这样的孩子，就在神话中纪念她们。除此之外，妈妈还有一种解读。

多多：是什么？

妈妈：真正的悲剧应该是，虽然主人公力量薄弱，却强烈地去对抗命运；虽然人生短暂，却努力体现自己的价值和尊严。女娃就是这样的悲剧主人公。东晋有一

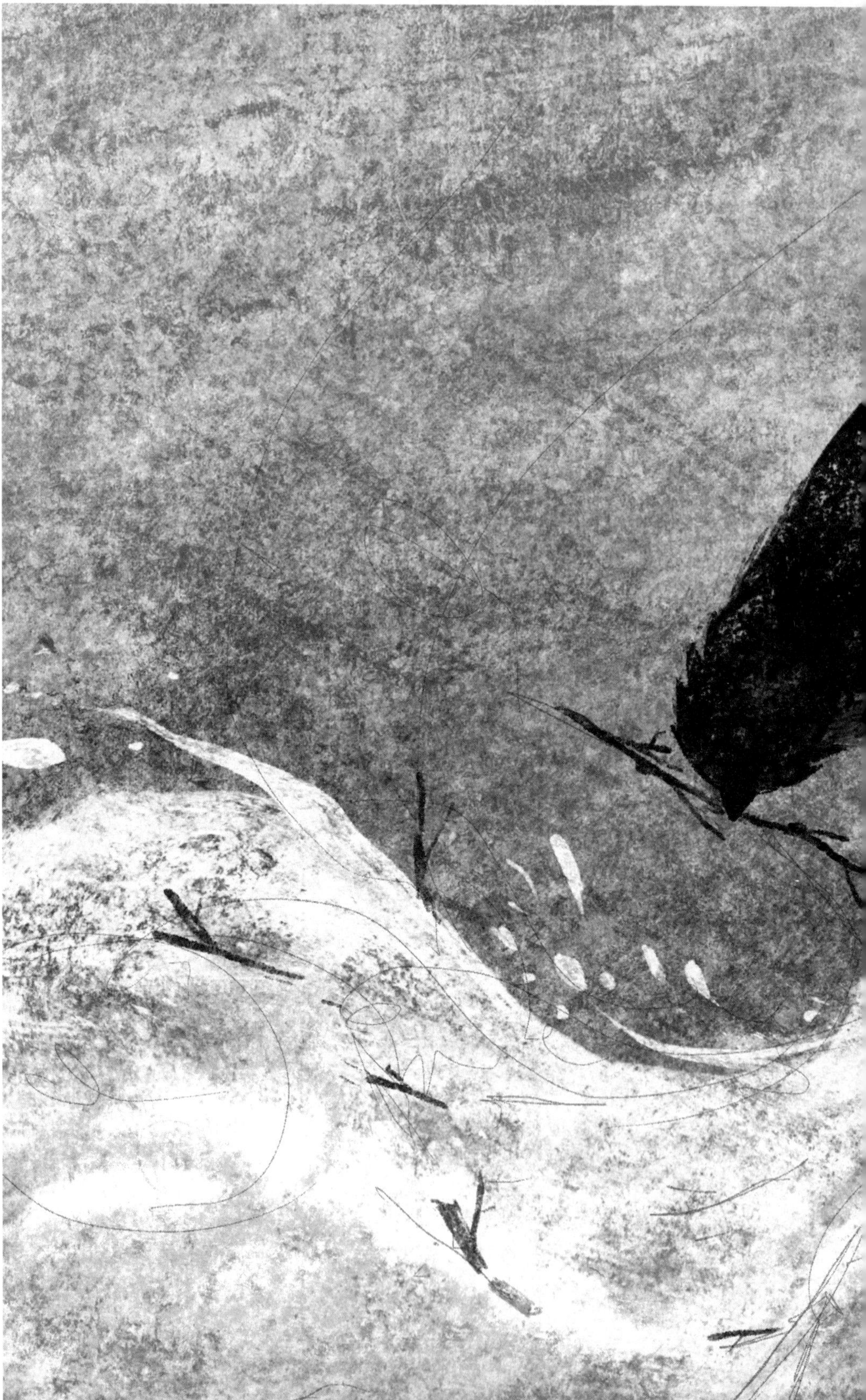

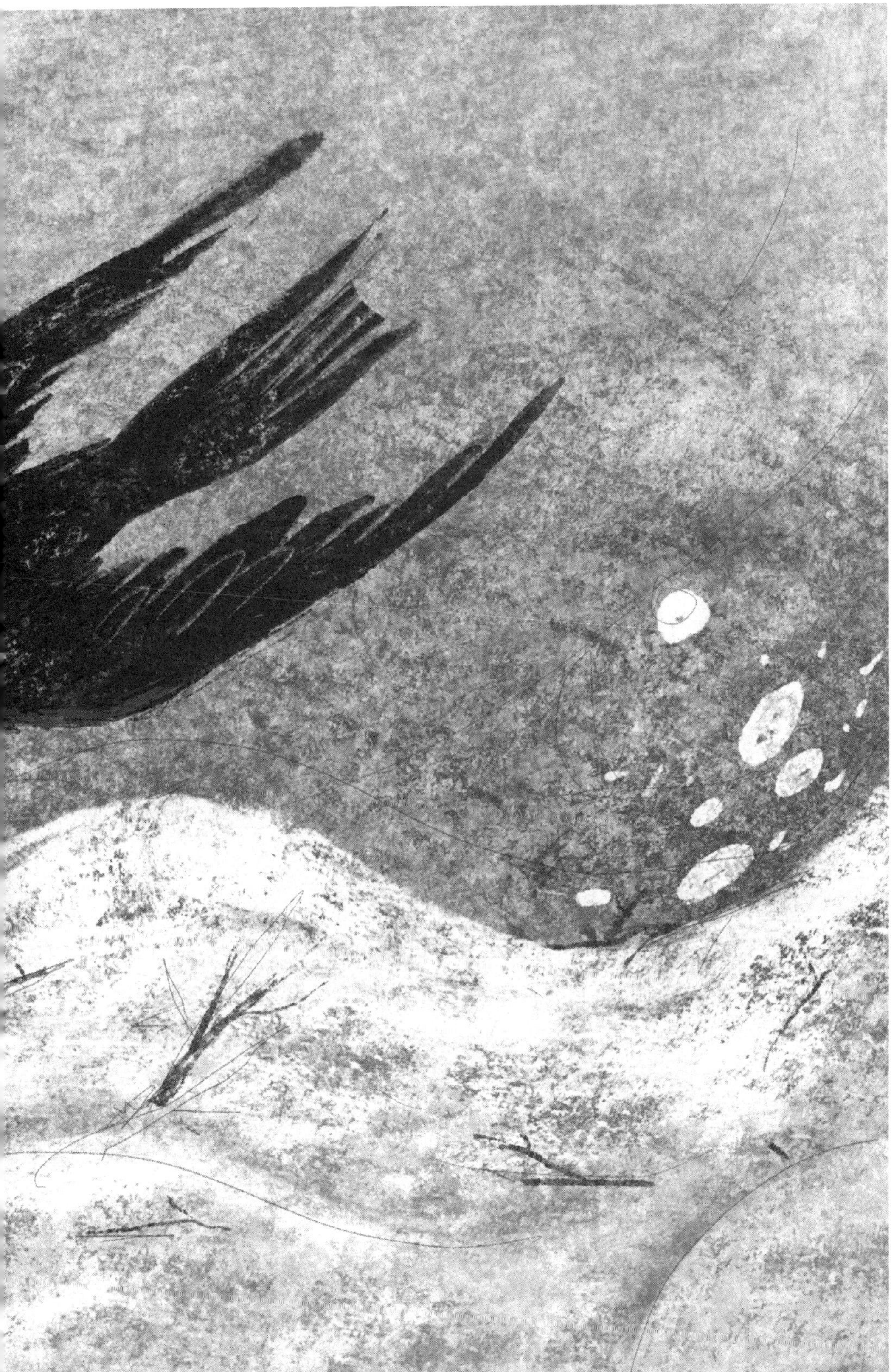

位大诗人叫陶渊明，他写了一首《读山海经》的诗，里面也写到了这个神话。

多多：怎么写的啊？

妈妈：有一句是“精卫衔微木，将以填沧海”。

妈妈：你看，精卫衔着细小的树枝，准备去填平东海。小小的鸟儿衔着细小的树枝，与浩瀚的沧海完全不能相提并论，但是它的那种决心和斗志，是永远让人感动的。这样的英雄，也是值得后人一直纪念的。

多多：我好像明白一点点了……

神话原典

原文：又北二百里，曰发鸠之山，其上多柘木。有鸟焉，其状如乌，文首，白喙，赤足，名曰精卫，其鸣自詨。是炎帝之少女，名曰女娃。女娃游于东海，溺而不返，故为精卫。常衔西山之木石，以堙于东海。

——《山海经·北山经》

译文：再往北二百里，叫作发鸠山，山上多生柘树。有一种鸟，形状像乌鸦，花脑袋，白嘴巴，红爪子，名字叫精卫。它鸣叫的声音是自呼其名。原来它是炎帝的小女儿变的，她的名字叫女娃。女娃去东海游玩，不小心淹死在了大海里，所以变成了精卫这种鸟。它常常去衔西山的小树枝、小石子投入东海，想把大海填平。

探寻“神奇”

讲一个你心目中的英雄的故事。

黄帝战蚩尤

——成王败寇

多多： 妈妈，你上次说到炎黄子孙，那当时就是炎帝和黄帝最厉害吗？

妈妈： 其实还有一个厉害的人，叫作“蚩尤”，照理说他们仨是中华民族的始祖。

多多： 那为什么现在不提他了呢？

妈妈： 因为他被打败了，所谓“胜者为王，败者为寇”，说的就是蚩尤那类人呢。

多多： 我想听他的故事。

其实呢，炎帝、黄帝、蚩尤所处的时代，相当于中国原始社会的末期。各个强大的部落间不停地打仗。

黄帝和蚩尤这场仗可是打得天昏地暗、轰轰烈烈、精彩纷呈……这简直不是人间的战争，而是一场人神混战。

说起来这也是距今约五千年的事了，那时长江以北、黄河下游平原地区生活着一个庞大的氏族部落集团，即九黎部落，其首领就是蚩尤。蚩尤有八十一个兄弟，个个兽身人首、铜头铁额。他们特别擅长制作兵器，什么刀、戟、弩、杖，都不在话下。这么早就能冶炼金属，他们厉害吧？

当时三大部落为了争夺生存空间，在黄河下游的华北大平原上不断打仗，各种联合、各种打法。什么黄帝和炎帝打，炎帝和蚩尤打，黄帝和蚩尤打，看得人眼花缭乱。最后，黄帝征服了 50 多个部落，拥有了天下。

且说黄帝与蚩尤领兵布阵，来到了涿鹿（现在的河北省）。蚩尤还是很有办法的，他纵起了漫天的大雾，黄帝的军队被笼罩在一片白茫茫的大雾中。所谓“兵来将挡，水来土掩”，此时黄帝部下一名叫作风后的臣子，竟然造出了一辆“指南车”，带着大家冲出大雾。下一个回合，黄帝请来一条长着翅膀的神龙，名唤应龙。应龙将水蓄积起来，想要水淹蚩尤大军。而蚩尤呢，请来了风伯雨师，一时间狂风暴雨袭向黄帝的部队。黄帝只好从系昆山上请来了旱神魃。魃据说是黄帝的一个女儿。这下好了，感觉奇奇怪怪的人或神都凑在一起了。

黄帝呢，据说有四张脸；蚩尤呢，据说长着牛角铜头；魃虽然是个女子，却是个秃头。她一来，漫天风雨一下子消失得无影无踪。不过魃可能把神力消耗得太多了，所以她再也回不到天上去了；她在人间，人们也很讨厌她，因为她所到之处，都会出现旱灾，后来黄帝只好把她发配到赤水的北边去了。

黄帝继续寻找作战神器。他派人去东海的流波山抓来了无辜的怪兽夔。夔据说只有一只脚，其吼声像打雷一般响。可怜的夔被黄帝杀死，皮被剥下来做成了鼓。黄帝又到雷泽里将雷神抓来。雷神也好无辜，他喜欢敲自己的肚子，他一敲肚子，天上就雷声隆隆。黄帝把雷神的腿骨做成了鼓槌。那战鼓擂起，吓得天下所有的人啊、动物啊都闻风丧胆。黄帝乘胜追杀，终于抓住了蚩尤，将他杀死了。

蚩尤死了以后，有一派把蚩尤描述成怪物的形象，甚至把他塑造成贪婪的怪兽“饕餮”；还有一派是赞赏蚩尤的，民间到现在都还有关于蚩尤的各种遗址，戏曲中有蚩尤戏，苗族的神话中把蚩尤塑造成勤奋有为的大英雄。

多多： 我觉得蚩尤好厉害。

妈妈： 是啊，我也觉得他很厉害。他的部落有三大贡献——农耕、金属的冶炼、巫术，厉害吧？

多多： 巫术？

妈妈： 其实纵大雾、纵大风雨，都是原始社会的巫术仪式啊。

多多： 那是真的吗？

妈妈： 巫术仪式的主观目的是与神进行沟通。人希望各路神，什么风神啊、雨神啊能帮助自己。有可能战争中蚩尤进行了祭神的仪式，碰巧真的遇到了大雾、大风雨的天气呢！不过巫术还是战胜不了科技啊，那辆指南车就是古代科技的重要成果呀。

多多： 真好玩。

妈妈： 是啊，他们是生活在神的世界中的，所以生活变得很好玩，很有想象力，他们的故事也很精彩。

神话原典

原文：蚩尤作兵伐黄帝，黄帝乃令应龙攻之冀州之野。应龙畜水。蚩尤请风伯雨师，纵大风雨。黄帝乃下天女曰魃，雨止，遂杀蚩尤。魃不得复上，所居不雨。叔均言之帝，后置之赤水之北。

——《山海经·大荒北经》

译文：蚩尤制作了各种兵器去攻伐黄帝，黄帝派遣应龙到冀州的原野上去抵御他。应龙蓄积了大量的水。蚩尤去请风伯和雨师，操纵起一场大风雨。黄帝就请名叫魃的天女下来，止住了暴雨，于是杀了蚩尤。魃因为用尽了神力，不能再上天，所居住的地方一点雨都也不下。叔均将此事禀报给黄帝，后来（黄帝）把她安置在赤水的北边。

探寻“神奇”

小朋友可以和妈妈一起去博物馆找找“饕餮”的形象。

黄帝四面

——一统天下

多多： 黄帝战胜了蚩尤，那他和炎帝打仗了吗？

妈妈： 他们也打仗了。

多多： 结果如何啊？

妈妈： 结果炎帝被打败了。黄帝统一了周边的部落，成为首领。

多多： 我知道了，因为黄帝既懂巫术，又会点技术。

妈妈： 你说得太好了，黄帝部落好像确实比其他部落厉害一点。

神话传说中厉害的人往往长得很奇怪，据说黄帝长着四张脸，也就是说不管你走到哪个方向，他都在那里很威严地看着你。黄帝和炎帝之间的关系很复杂，有几个版本。一种说法是，他俩都是少典氏的孩子，黄帝是炎帝的哥哥；还有一种说法是，炎帝早于黄帝，后来炎帝衰落了，黄帝就取而代之。

我觉得黄帝应该迟于炎帝，我们讲过第一任炎帝神农氏的故事，他那时才开始种植谷物，而黄帝的时候已经种植五谷了。黄帝很得意地站到高处打量自己的土地，五谷丰登，各种色泽铺展在大地上。但是他的土地不像现在的田野一般整齐划一，而是直接和郁郁葱葱的草木交融在一起。天上飞着各种鸟，地上奔跑着各种野兽，好像和人类相安无事呢。

黄帝打量了一番，满意地走了，他还有要事在身呢！他要去寻找自然界的馈赠，去采玉采铜，他竟然会用玉做兵器、用铜铸刀呢。有了充足的食物，又有了称手的兵器，黄帝率领着部队浩浩荡荡地出发了。不过这支部队很奇特哦，竟然都是猛兽，有熊、罴、貔、貅、貙、虎等。这些动物一路奔跑，扬起滚滚尘土。他们和黄帝一起来到了阪泉野外很荒凉的地方，在那里炎帝的部队正严阵以待。很快就打得天昏地暗。看来炎帝也不甘示弱，否则战争怎么打了那么久啊。今天去看，他们在打仗；明天去看，他们还在打仗。一连很多天，都是喊杀声震天的。终于，天地之间仿佛安静了下来。去看一下结果吧：各种怪兽散开了，茫茫大地上很神气地站着一个人，他可以同时眺望东、南、西、北四个方向，于是我们一下子就知道了战争的结果——黄帝赢了！

打了胜仗之后，黄帝可得意了。不过，他不是个只会打仗的首领。他开始考订历法、铸造十二钟。此时的钟可不是计时用的，而是一种乐器，可以发出浑厚古朴、穿透天地的声音。黄帝造的钟演奏的是五音。什么叫五音呢？它们是中国古代音律，依次为宫、商、角、徵、羽，相当于现行简谱的 1、2、3、5、6。当然那时的音乐也不是用来娱乐的，而是用来和天上的神沟通的。

黄帝一直在和其他部落打仗，后来他成为最终的胜者，人们也就把他推为华夏民族的祖先。

多多：真的能让动物打仗啊？那比马戏团的驯兽员还要厉害啊！

妈妈：多多，你想知道真相吗？

多多：真相是什么啊？

妈妈：其实那些不是真正的动物，而是有着不同图腾崇拜的部落罢了。黄帝召集了很多部落一起来打仗。图腾呢，就是古代原始部落迷信的某种自然或有血缘关系的亲属、祖先、保护神等，而用来做本氏族的徽号或象征。

多多：哎呀，那样就太不好玩了。

神话原典

原文：轩辕乃修德振兵，治五气，蓺五种，抚万民，度四方，教熊、罴、貔、貅、貙、虎，以与炎帝战于阪泉之野。三战，然后得其志。

——《史记·五帝本纪》

译文：于是轩辕（黄帝）修行德业，整顿军队，研究四时节气变化，种植五谷，安抚民众，丈量四方的土地，训练熊、罴、貔、貅、貙、虎等猛兽，跟炎帝在阪泉的郊野交战。先后打了几仗，才征服炎帝，实现了自己的志愿。

探寻“神奇”

还有一个词叫作“百兽率舞”，查一下是什么意思吧。

苍颉造字
——鬼哭龙潜

妈妈：黄帝能造出乐器来，真了不起。不过人类最了不起的发明不是乐器。

多多：那是什么呢？

妈妈：你猜！有了这样东西才意味着人类从野蛮时代进入了文明时代。

多多：是衣服？

妈妈：不是。

多多：是车子？

妈妈：不是。

多多：那是什么？

妈妈：是文字。

黄帝有个史官叫苍颉，有的版本也写作仓颉。他看天地自然看得比一般人清楚，观察得更仔细，因为他有四只眼睛，而且每只眼睛的视力都很好，眼睛里有着灵动的光芒。作为黄帝的史官，当然要负责记录。但是，当时记录的方式很落后，还是结绳记事，也就是在绳子上打个结，提醒自己有事情要记住。大事打的是很大的结，小事打的是很小的结。如果看到绳子上赫然有三个很大的结，那就说明这两

天得好好忙一忙了，没准要去打大野兽，没准有其他部落来抢东西。但是这种方法实在是太简单了，能记下的事很有限。随着大事小事越来越多，野兽、谷物的品种数量也越来越多，怎样才能把事情都记住，把各种东西都记录下来，就成了苍颉最忧虑的事情。

苍颉烦恼的时候喜欢到大自然里去走走。这天他越走越远，渐渐进入了林子。刚刚下过雨，地上比较泥泞。他喜欢看各种形状的树叶，他看一眼就知道是什么树；他喜欢看不同色彩的鸟儿，他看一眼就知道是什么鸟；更不用说不时探头探脑张望他的各种小动物了。不过今天林子里面很安静，小动物仿佛都在和他捉迷藏，躲起来了。他不由得微笑起来："你们以为躲起来我就找不到你们啦？你们的秘密我都能发现了。"他看着潮湿的地面，那里写满了经过的动物的答案。那像面对面的两个月牙的，一定是鹿的蹄印；那像三片竹叶的，一定是野鸡的爪印；那一个长长的圆形，上端却缺了一个小三角，像一片花瓣一样的，一定是马的蹄印；还有吗？这个与众不同的脚印，是我自己的呢！

他就这么看啊看啊，突然想起了什么，他环顾四周，找到一根树枝，欣喜若狂地在地上画起来。既然根据形状不同的足印就能分辨出不同的鸟兽，那么不同的形状也能代表不同的意义吧？！于是他旋转着、跳跃着，欣喜若狂地跑了回去。到了晚上，他苦思冥想，根据日月、山川、鸟兽的形状，创作出了第一个符号，接着有了第二个、第三个……

突然天地之间似乎产生了剧烈的震动，"噼噼啪啪"的声音充盈了整个世界。人们惊讶地走出去，发现了漫天大雨，不！是漫天小米！天空中竟然降下了漫天的粟米。而远远地，似乎有风声越来越近，再一听，不是风声，是有人哭泣的声音，那声音如此之大、力度如此之强，又不像是人发出的，原来是鬼在哭泣呢！而一阵旋风之后，人们看见夜空中闪烁着一条巨龙。很快，巨龙就藏匿了起来。

什么样的事情会惊动鬼神天地啊？那就是文字的发明！人类从此

开始渐渐摆脱天地、鬼神的控制，拥有了自己的智慧和文明。这还不伟大吗？

多多： 妈妈，其实我们小朋友都会造字的。

妈妈： 我相信，我看见过你画的符号，很像那么一回事呢。会造字的小朋友，也就意味着从懵懂无知的阶段进入了智慧的阶段呢，就像文字是人类进入文明阶段的重要标志。

多多： 那中国是从苍颉开始进入文明阶段的吗？

妈妈： 苍颉造字只是一个传说，其实造字这么巨大的工程，一定是几代人、许多人一起完成的。现存最早的成体系的文字是商代的甲骨文，也就是说最迟在商代，中国已经进入了文明阶段。随着考古界越来越多的新发现，这个时间段还可能往前推呢。

神话原典

原文：苍颉作书而天雨粟，鬼夜哭。

——《淮南子·本经训》

译文：苍颉造出文字，天上下小米，鬼在夜晚哭泣。

探寻“神奇”

小朋友可以试着画一套自己的符号，用来记事哦。

马面蚕神

——忧伤和思念

妈妈：黄帝打了胜仗之后，就有很多人啊、动物啊来向他祝贺。

多多：我知道，百兽率舞呀。

妈妈：其中有一个很奇特的姑娘——她被马皮裹着。她拿着美丽的蚕丝来献给黄帝。

多多：她是谁呀？

妈妈：她是蚕神。

多多：妈妈，我养过蚕宝宝。养到后来，它的整个身体都洁白发亮，然后它就开始吐丝了。

妈妈：是啊，你观察得很细致哦。

上古的时候，有一家三口本来生活得很幸福。这一家三口，是父亲、女儿，以及他们都非常喜欢的一匹很通人性的马。后来父亲出门去了，这一去竟杳无踪迹。女儿在家里等待着，每天都在门外张望，但是父亲始终不回来。她的心事只能向马儿诉说。有一天，女儿随口对马儿说："马儿啊马儿，你要是能把我父亲找回来，我就嫁给你。"马儿突然挣脱了缰绳，跑掉了。女儿非常惊讶，现在家里只剩下她一个人了，她更加担心。

过了一段时间，马儿竟然回来了，同时回来的，还有她的父亲。原来父亲在远方生了病，还好马儿把他找回来了。这么一来，马儿就成为家里的大功臣了，父亲每天都给它准备最好的饲料，但是马儿好像没有心思吃。每次见到女儿的身影，马儿就会异常激动，扬蹄鸣叫。而女儿呢，似乎有点躲躲闪闪。

父亲心生怀疑，就问女儿发生了什么事情，女儿把一切都告诉了父亲。父亲害怕马儿会伤害女儿，就把马儿射杀了，并把马皮剥下来，晒在院子里面。有一天父亲外出，女儿和女伴在一起玩。来到马皮边上，她有些伤感，就蹲下来抚摸马皮。马皮突然腾空而起，一下子把女儿卷起来飞走了。大家找啊找啊，经过好几天，在大树枝上找到了女儿。她和马皮已经融为一体，在一棵大树上吐着丝。这棵树就被称作“桑树”。“桑”是“丧”的谐音。而女儿吐出缠绵不断的丝，就意味着她对父亲和家乡的“思念”连绵不断，也是一种谐音呢。

后来蚕神就以马面娘娘的形象出现。江南一带盛产桑叶和蚕丝，和蚕有关的节日也很多。清明节的时候，蚕农要到庙里面祭祀蚕花娘娘。从早上到晚上，好多好多的人去祭祀，挤来挤去的，人称“轧蚕花”。到了农历十二月十二日，是蚕神的生日。这天养蚕的人家都要准备好酒菜、香烛祭祀蚕神娘娘。这个时候就会有不少乞丐拿着印有“马明菩萨”的纸，唱着民歌《唱蚕花》，到蚕房走上一圈。蚕房主人一定会送给他们大米和年糕。有意思吧？

而江南地区，从明代、清代以来之所以那么富裕，很重要的一个原因就是养蚕、发展丝织业，所以蚕神的贡献很大哦。

多多： 嗯，我觉得这个神话里面最有趣的是“桑”和“丝”的谐音。

妈妈： 是啊，在古典诗词中，这样的谐音还有很多哦。你想得出来吗？

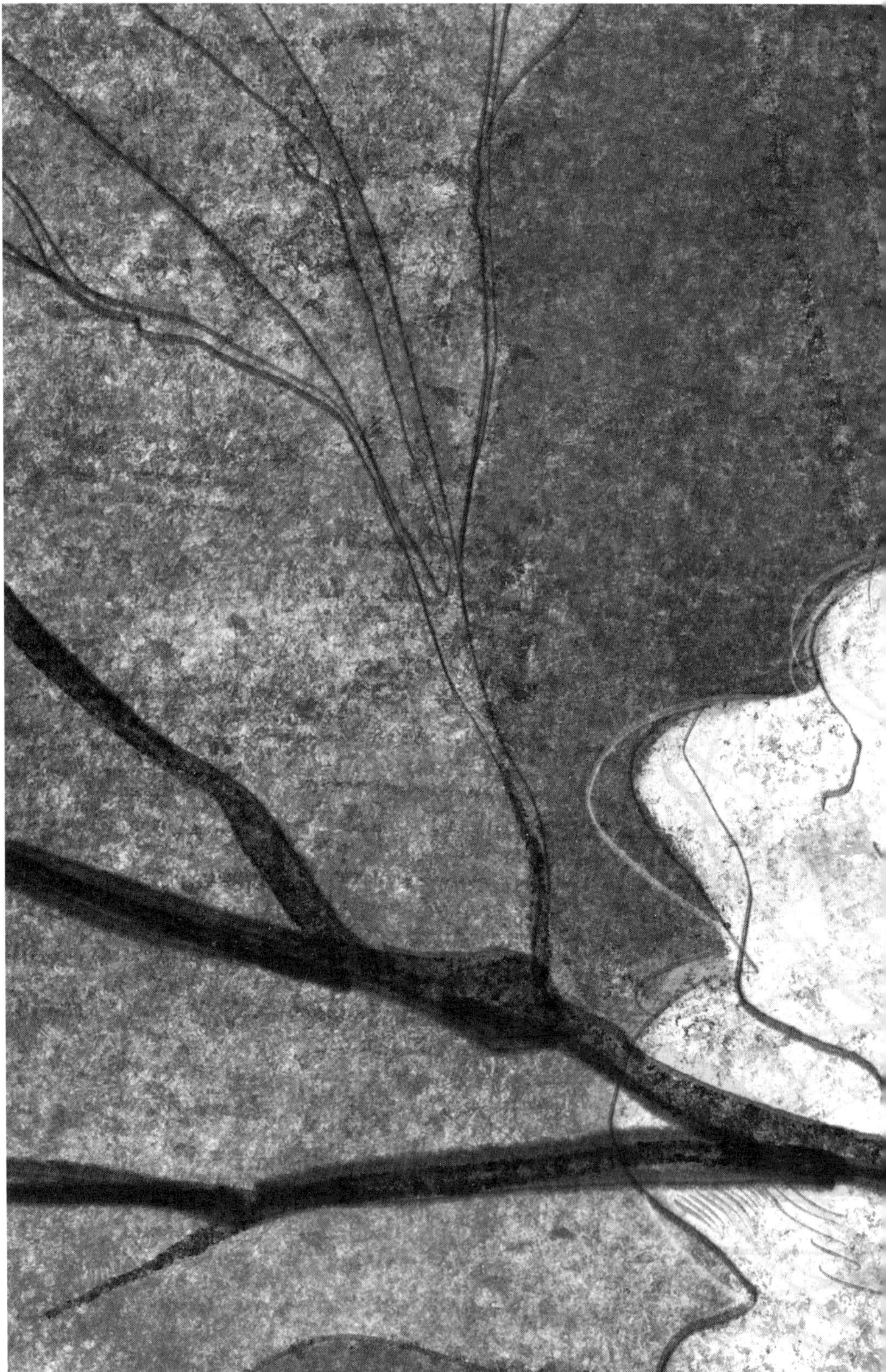

多多： 我知道一个，就是柳树的“柳”，谐音是留下来的“留”。

妈妈： 非常好，还有呢？

多多： 好像莲子的“莲”，谐音就是怜爱的“怜”。

妈妈： 非常棒，你今天可以再去搜罗搜罗。

多多： 好！

神话原典

原文： 欧丝之野在大踵东，一女子跪据树欧丝。三桑无枝，在欧丝东，其木长百仞，无枝。

——《山海经·海外北经》

译文： 欧丝野在大踵国的东面，一个女子正跪靠在一棵大树上吐丝。三棵桑树，没有树枝，在欧丝野的东面，树木极高，只是不生枝条。

探寻“神奇”

小朋友也可以在家长的帮助下，找出古典诗词中的一些有趣的谐音字。

神荼郁垒

——百鬼莫侵

妈妈： 多多，你每天晚上都不敢一个人睡，这是为什么呢？

多多： 妈妈，因为我害怕。

妈妈： 你害怕什么呀？

多多： 白天听的故事中的人物，到了晚上好像都会出现。

妈妈： 是什么人物呀？

多多： 如果是人就好了，我听过鬼故事，我最怕的其实是鬼。

妈妈： 别怕，民间传说中每家都有保护神，他们是神荼和郁垒。他们专门抓鬼。

多多： 真的呀？

妈妈： 真的！

传说中，鬼也不是到处乱跑的，不用害怕。而且从上古开始，鬼就有他们的克星。据说在茫茫的沧海之中，有一座山，叫度朔山，听起来是不是离我们很遥远？而那度朔山上呢，有一棵巨大的桃树，枝干遮天蔽日，盘曲延伸达三千里。在巨树的东北方向，有一个鬼门，所有的鬼都是从那里进出的。但是鬼好像也不是那么自由的，不可能随随便便就离开那三千里的地盘，再渡过茫茫的大海，来到人间。如果可以到达，也一定会累坏的。

相传桃树有驱邪辟疫的作用，据说人只要手里拿着一根桃棒，甚至身上挂一个桃符，鬼就会望风而逃。当然，如果你有桃弓、棘矢的话，那就更威风了，什么鬼也不用怕了。所以这棵大桃树当然是镇鬼最好的工具了。而且呢，在那桃树下面，赫然站着两个神，神情严肃，目光如电。他们一个叫作神荼，一个叫作郁垒。所有的鬼出入鬼门的时候都蹑手蹑脚，大气也不敢出。因为神荼和郁垒眼中发出的光，就像探照灯一样扫来扫去。任凭鬼如何掩饰自己，在那灼人的光芒之下，也要现出原形来。人有好人坏人，鬼也有善鬼恶鬼，所以就算冷不丁遇见个鬼，也不一定都是坏的。神荼和郁垒只要看一眼，就知道鬼的善恶。他们一声怒喝，被叫到的鬼腿都吓软了。神荼和郁垒手中一直拿着用苇草编成的绳子。他们把恶鬼从队伍中拎出来，飞快、利落地绑起来。接下来，老虎出场了。老虎也是先民崇拜的野兽之一。他们认为老虎是百兽之长，能够吞食鬼魅。所以，神荼和郁垒抓到鬼之后，就直接丢给老虎，老虎一顿饱餐，世界上就又少了一个恶鬼。

神荼和郁垒既然这么威猛，光把守这么遥远的度朔山，让人未免觉得有点可惜。据说从黄帝开始，人们就把这两尊神请到家门口。人们用桃木雕刻桃人，在门上画上神荼、郁垒和老虎，再挂上苇草编成的绳子。人们认为，有了这么多镇鬼的东西，家里就太平了。神荼、郁垒也就从遥远的神山走出来，变成和人们很亲近的门神了。每年的除夕，上自皇宫禁苑，下至小民百姓家，都会在门口贴上门神。后来，不仅仅神荼、郁垒担任门神，唐代的秦叔宝、尉迟敬德两员虎将，因尽心尽力地保护唐太宗，他们的形象也演变为门神；再晚一点，又出现了一个镇鬼高手——钟馗。这下门神众多，人们的安全感也就倍增。

妈妈：多多，听完神荼与郁垒的故事，你是不是不怕鬼了呀？

多多：嗯，感觉好多了。妈妈，我们也贴门神吧。

妈妈：好呀，门神画的色彩一般很鲜艳，还是艺术品呢。

多多：神荼和郁垒在度朔山是超级威风的神，贴在家门口，会不会大材小用啊？

妈妈：不会啊，他们比那些遥不可及的大神受欢迎多了，他们的人气才是最旺的。

多多：对哦，贴了门神的话，我晚上就不会睡不着觉了。

妈妈：那太好了。

神话原典

原文：沧海之中，有度朔之山，上有大桃木，其屈蟠三千里。其枝间东北曰鬼门，万鬼所出入也。上有二神人，一曰神荼，一曰郁垒，主阅领万鬼，恶害之鬼，执以苇索而以食虎。

——《论衡·订鬼》引《山海经》佚文

译文：沧海之中，有度朔山，山上有一棵很大的桃树，桃树的枝干盘曲延伸达三千里之广。桃树树枝中间的东北处叫鬼门，万鬼都从这里出入。上面有两个神人，一个叫神荼，一个叫郁垒。他们主要是检查各种各样的鬼，找到其中邪恶害人的鬼，用苇索捆起来喂虎。

探寻“神奇”

找找年画中的神荼和郁垒，再在年画里面找到几样传统文化中辟邪镇鬼的东西。

皇娥与星星
——来点浪漫吧

妈妈： 多多，我们一直在讲黄帝时期的神话，你还记得前面炎帝和黄帝的故事吗？

多多： 我不太喜欢，好像都是战争。

妈妈： 是啊，你觉得神话故事应该是怎样的？

多多： 我觉得神话故事应该是浪漫的、美好的。

妈妈： 那少昊父母的故事就很浪漫。

多多： 少昊是谁啊？

妈妈： 有一个版本说他是黄帝的儿子，还有一个版本说他是神女和星星的孩子。

多多： 那我要听听第二个版本。

少昊的妈妈就是天上的皇娥，她住在璇宫里。她晚上都在很勤劳地织锦。一般来说，天女织的都是天上的云彩，看来天女的想象力很丰富，技艺也很高明，因为我们看到过各种形状、各种颜色的云彩。

她是个自由自在的女神，到了白天，她会乘着小舟到处游玩。有一次她来到了穷桑这个地方，远远望过去，苍苍茫茫的水边有一棵很高很高的桑树，满树是诱人的紫色桑葚。那桑树，一万年才结一次果，如果吃了那果子，寿命可以比天还长呢。

远远望去，那桑树就像是天边最美的一片朝霞或者晚霞。皇娥好喜欢这色彩，感觉和自己织的云锦不相上下，就慢慢地漂了过去，越来越近……突然，她在树下看见了一个男子。那男子眉清目秀，英气逼人，远看近看都是那么光彩夺目 。于是，自然而然地，他们越走越近，他们牵起了手，他们一起玩，一起泛舟。桂枝是他们的船桅，香草是他们的旌旗，玉鸠鸟是他们的风向标。月光洒在他们周围，也洒在他们的眼睛里、心里……

他们肩并肩坐在一起。那男子弹着琴瑟，而皇娥启口唱道："天地是如此苍茫如此空旷；万物变化是如此多样；不管天地有多么广阔无边，我俩乘舟来到穷桑；不管天地有多么广阔无边，我俩快乐不知时光……"

你一定会问那男子是谁呀，他就是启明星的儿子——太白之精。他俩的不期而遇，真是天上人间最美的情节了。我们发现，从此之后，天上的云彩更好看了；而夜晚的星星，则更明亮了！

后来皇娥生下了爱情的结晶——少昊。少昊号穷桑氏。穷桑又被叫作空桑，据说就在现在山东曲阜的北面呢！

多多：这个有意思，我爱听这样的神话！

妈妈：这样的神话还有呢，其实有一个跟这个很像的神话，以后我说给你听。不过，你可以先来猜猜看！

多多：妈妈，我猜是牛郎织女。

妈妈：对，多多很棒！皇娥和织女都是纺织高手，其实她们也象征着民间无数心灵手巧的女孩儿呢！

多多：而且她们都长得很漂亮！

妈妈：没错！

神话原典

原文：少昊以金德王。母曰皇娥，处璇宫而夜织，或乘桴木而昼游，经历穷桑沧茫之浦。时有神童，容貌绝俗，称为白帝之子，即太白之精，降乎水际，与皇娥宴戏，奏便娟之乐，游漾忘归。

——《拾遗记》

译文：少昊因为金德而称王。他的母亲名叫皇娥，皇娥晚上在璇宫织布，有时白天独自一人乘着木筏游玩。她经过苍茫的穷桑之浦，与水际一位英俊的男子邂逅。这位男子是白帝之子，即太白之精。他降临在水边，与皇娥一起宴饮游戏，演奏美好的音乐，甚至忘了归去。

探寻“神奇”

告诉妈妈天上的仙女织出来的云彩像什么。

少昊建国

——鸟儿的世界

多多： 妈妈，皇娥和星星生的孩子一定很棒吧？

妈妈： 是很棒，他就是少昊。不过神与神的孩子也有很糟糕的。

多多： 不会吧？

妈妈： 有很多啊。从另外一方面说，普通人的孩子也会很棒！比如说多多就很棒啊！

多多： 谢谢妈妈！

我们知道，少昊的父母是在穷桑认识的，那边有好大好大的桑树。少昊的父母是闪闪发光的，少昊也是闪闪发光的。太阳照着穷桑这个地方时，五色灿烂，特别好看，和少昊互相辉映，让人都睁不开眼睛。

少昊刚刚即位的时候，突然天边有一团绚烂的云飘然而来，近了一看，才知道那竟然不是鸟，而是凤凰。凤凰围绕着少昊欢声鸣叫，像是天地间最好听的祝贺的音乐！于是少昊就以凤凰作为自己的图腾，并且用鸟来设置自己的官职。

这下他的国家可热闹啦！他的手下，掌管天文历法的官，叫作凤鸟氏，因为凤凰是知天时、预示吉祥的。玄鸟氏担任司分，玄鸟就是燕子，司分掌管春分、秋分。伯赵氏担任司至，伯赵就是伯劳鸟，司

至掌管夏至、冬至。青鸟氏担任司启，青鸟就是鹦雀，司启掌管立春、立夏。丹鸟氏担任司闭，丹鸟就是锦鸡，司闭掌管立秋、立冬。这四种官职掌管着一年四季的天时。祝鸠氏担任司徒，管教育，祝鸠就是鹁鸪。雎鸠氏担任司马，掌管兵权，雎鸠就是鸷鸟，是一种猛禽，所以掌管兵权。鸤鸠氏担任司空，鸤鸠就是布谷鸟，掌管的是建筑工程。爽鸠氏担任司寇，爽鸠就是鹰，威风凛凛的，掌管法律和刑罚。鹘鸠氏担任司事，鹘鸠可能是斑鸠，掌管言论和举谏，谏就是向统治者提出意见和建议。还有五种野雉，分别管理木工、金工、陶工、皮工和染工五种手工业。雉就是野鸡，羽毛很漂亮。雉尾经常用在戏曲中武将的帽子上，小朋友们一定看到过吧？还有九种扈鸟，管理农业耕种和收获，让人民不要太懒惰。扈也是一种长得像野鸡的鸟。

怎么样，热闹吧？少昊和群臣上班的时候，能听到各种好听的鸟鸣声，看到各种飞翔的鸟儿身形，以及少昊身上五彩缤纷的光芒，真是让人目不暇接、心醉神迷。当然，聪明的小朋友一定知道，其实这些鸟儿不一定是真正的鸟，而是和黄帝的"百兽"一样，只是各种各样的图腾、各种各样的姓氏。

如果你想去寻找这个鸟儿的王国，就请往东走，一直走到东海之外一个叫"归墟"的地方，远远看过去，云雾缭绕之中有五座神山——岱舆、员峤、方壶、瀛洲和蓬莱。

多多：鸟的世界好有趣啊，比兽的世界好玩多了。

妈妈：你莫不是指黄帝吧？

多多：是啊。我觉得兽的世界充满战争，而鸟的世界到处是美好。

妈妈：你总结得很好。神话就是这样，把自然界的一切特征都用讲故事的方法讲出来，让它们变得如此生动形象。

多多：如果我们都能变成一只鸟，妈妈你想变成什么鸟？

妈妈：我喜欢凤凰。你呢？

多多：我啊，我想变成一只小翠鸟！

神话原典

原文：少皞挚之立也，凤鸟适至，故纪于鸟，为鸟师而鸟名。凤鸟氏，历正也。玄鸟氏，司分者也。伯赵氏，司至者也。青鸟氏，司启者也。丹鸟氏，司闭者也。祝鸠氏，司徒也。雎鸠氏，司马也。鸤鸠氏，司空也。爽鸠氏，司寇也。鹘鸠氏，司事也。五鸠，鸠民者也。五雉，为五工正，利器用，正度量，夷民者也。九扈，为九农正，扈民无淫者也。

——《左传·昭公十七年》

译文：少昊挚即位的时候，正好有凤凰飞来，所以就根据鸟来设置管理体系，用鸟的名字来为官职命名。凤鸟氏，掌管历法。玄鸟氏，掌管春分、秋分。伯赵氏，掌管夏至、冬至。青鸟氏，掌管立春、立夏。丹鸟氏，掌管立秋、立冬。祝鸠氏，就是司徒（管教育）。雎鸠氏，就是司马（管军事）。鸤鸠氏，就是司空（管建筑）。爽鸠氏，就是司寇（管刑法）。鹘鸠氏，就是司事（管言论、举谏）。五鸠，意味着聚集百姓。五雉是五种管理手工业的官，是改善器物用具、统一尺度容量、让百姓得到平等的。九扈是九种管理农业的官，使老百姓不会放纵。

探寻“神奇”

请问小朋友，如果你可以变成一只小鸟，你想变成什么鸟儿？

颛顼治国
——绝地天通

多多：妈妈，我喜欢神游在神的世界里。

妈妈：是啊，那样是很美好，但是人和神自由交往的时间很快就要过去了。

多多：是什么时候不能交往的啊?

妈妈：是颛顼的时候。颛顼是黄帝的孙子或重孙。

多多：那是怎么一回事啊?

颛顼呢，其实和少昊有很大关联。少昊很喜欢他，曾经让他跟随自己，觉得他很优秀，就把他封到了高阳这个地方。颛顼辅佐少昊的时候，只有十岁啊，就是你们现在听故事的这个年龄。原来小朋友也可以干一番大事业。颛顼很喜欢音乐，据说他在少昊身边就喜欢弹琴鼓瑟。琴呢，就是古琴、七弦琴。琴和瑟都是中国的本土乐器。他后来不弹了，就把琴、瑟扔到了深海里去。如果大家静下心来，还能听到大海的深处传来隐隐约约、扣人心弦的音乐声。

颛顼长大之后，就继承了少昊的王位。

当了帝王，就要了解自己的国家。所以颛顼就乘着飞龙，直上云霄，翱翔在蓝天白云之间，到处巡游。他不仅用眼睛看下面的土地，还用耳朵听世间的声音。每个地方仿佛都有天籁之音，当飞龙掠过每

一块土地的时候，热爱音乐的颛顼，喜欢听风变幻着旋律吹动万物。风声强弱高低不同，非常美妙。回来之后他就命令飞龙，仿照四面八方风的声音，作了一首乐曲——《承云》，他把这首乐曲献给了黄帝。猪婆龙是颛顼发现的音乐奇才，它会翻转自己肥大的身躯，用尾巴敲打自己的肚子，发出美妙的声音，场景很有喜感。

颛顼虽然可以上天入地，却不想让其他人和他一样上天入地。原先人间与神灵之间是有天柱、天梯之类的通道的。颛顼却认为人类和神灵往来，是一件危险的事情。于是他派了重和黎去完成这个重要的任务。其实呢，重和黎据说是颛顼的两个孙子。重拼尽全力将天托起来，天越来越高；黎拼尽全力把地按下去，地离天越来越远。天高地远，慢慢地，天地之间的一切维系都断裂了，消失了。再高的山，也不能通向天空；再长的水，也不能与银河相接。神就待在天上，而人就只能在地上，最多是远远地仰望着天空。刹那间天地变得好寂寞、好冷清。颛顼觉得心满意足，这样多好，多有秩序啊！颛顼太喜欢安排秩序了，黎待在地上之后，生了一个儿子叫作噎。他甚至让噎待在大地的西极，也就是大地的最西边，让他安排太阳、月亮和星辰运行的次序。他不但要管人间，还要管天，过分吧？

这么一来，人们的生活再也不神奇了，大家都越来越现实地低着头过自己的小日子。颛顼呢，他可不一样，他既管地，又管天，越来越神奇。据说他不会死，确切地说他能够起死回生。他死了之后，有大风从北面吹来，地上的泉水则涌溢出来，在大风与大水之中，一条蛇化成鱼，颛顼便附身于鱼。这条鱼叫作鱼妇，一半是人形一半是鱼体，这就是复活了的颛顼。风是属于天上的，水是属于地上的，看来也只有天和地相通，人类才能有这样的神性。可惜，颛顼把天和地的通道给阻隔了。

多多： 唉，太可惜了。

妈妈： 是啊，是很可惜。

多多： 重和黎真的有这么厉害，能把天和地扯开来吗？好像只有盘古有这样的神力啊。

妈妈： 其实呢，绝地天通，不一定是把天和地扯开来。

多多： 那是什么呢？

妈妈： 颛顼是个改革者，他让重掌管祭祀天神，让黎掌管民事，各尽其责。普通人就不能自由自在地祭祀神了，只有颛顼这样的统治者有权力祭祀神。这样一来，世界就越来越有秩序了。

多多： 哦，原来是这样啊。是不是对人的管理越来越严格了，神的世界就越来越远了。

妈妈： 多多，你说得太对了。

神话原典

原文： 颛顼生老童，老童生重及黎。帝令重献上天，令黎邛下地。下地是生噎，处于西极，以行日月星辰之行次。

——《山海经·大荒西经》

译文： 颛顼生了老童，老童生了重和黎。颛顼命令重把天往上举，命令黎把地往下按。黎下地之后生了儿子噎，噎就位居大地的西极，安排太阳、月亮和星辰运行的次序。

原文： 有鱼偏枯，名曰鱼妇。颛顼死即复苏。风道北来，天乃大水泉，蛇乃化为鱼，是为鱼妇。颛顼死即复苏。

——《山海经·大荒西经》

译文： 有一种鱼，半身偏枯，名叫鱼妇。据说是颛顼死而复生变化而成的。适逢风从北方吹来，泉水涌溢而出，蛇变成鱼，这就是鱼妇。颛顼死后立即复生。

探寻“神奇”

小朋友，你可以在不同的季节听听风的声音，再说说不同的季节风的声音有什么不同。

共工触山

——秩序的破坏者

妈妈：多多，最近一段时间好像妈妈说什么，你就要反对什么呀。

多多：对啊，有的时候我不喜欢大人来管我。

妈妈：那你就有点像共工了。

多多：共工是谁？

妈妈：前面我们说颛顼是个建立秩序的人，而共工就是破坏秩序的人。

多多：哇，我好欣赏这样的人。

共工据说是炎帝的后裔，长得就很奇特。他有一头飘逸的红发，都不需要发型师打理。他长着人的脸、蛇的身体。他是水神。当时的世界啊，被水占据了十分之七，剩下的十分之三才是陆地。所以共工自然很厉害，江河湖海都归他管。当他在茫茫水面把红头发往后一甩的时候，仿佛天下都是他自己的了。

这么一来，颛顼当然不愿意了。我们知道，颛顼可是天上、地下都要管的，而且秩序是绝对不能混乱的，于是共工和颛顼之间发生了一场惊天动地的战争。这场战争据说也是黄帝战胜蚩尤之后规模最大的一场战争。

战争的具体场景已经无法知晓了，整个世界都沉浸在滔滔的洪水之中。颛顼的几个儿子——疟鬼、魍魉、梼杌等也上场了；共工也不甘示弱，他的两个怪模怪样的臣子——相柳和浮游也出来迎战。如果红眼睛、长耳朵、浑身黑中透红的小孩子魍魉，遇见了人脸蛇身、九个脑袋、浑身青色的相柳，一定会是非常滑稽的一幕。

双方打得难解难分，一直打到了不周山下面。不周山原本不叫这个名字的。不周就是不全的意思，应该是被共工撞坏了之后才改名的。共工眼看着自己的部队败得不可收拾了，非常生气，胸中的无名之火腾然而起。那不周山稳稳扎根在大地之上，高不见顶。共工才不管那么多，他仗着自己的神力，一头撞向不周山，猛然间一阵巨响，就像一年所有的雷声集中在了一起一样，接下来稀里哗啦、噼里啪啦、窸里窸落，各种奇奇怪怪的声音都响起来了。不管是颛顼还是共工，都感觉天旋地转、头晕目眩。原本拴在北方天空上的太阳、月亮、星星都摆脱了束缚，一溜烟地滑向了西边。而东南的大地塌陷下去，变成了一个巨大无比的深坑，所有的江河湖海、虾兵蟹将都向东南方向一泻而下。这是怎么回事呀？原来共工这一撞，竟然撞断了撑住天的天柱和拴住大地的绳子，西北的天空失去了支撑，塌陷了！整个宇宙的秩序，这下真的被打乱了。直到现在，我们的重要水系还是自西向东流淌，日月星辰也按规律运行着。

好多神话都提到了共工，有的说共工和黄帝打过仗，有的说共工和颛顼打过仗，又有的说共工和舜也打过一仗，感觉共工就是个搅局的。但实际上可能是共工这一族一直在和黄帝这一系斗争着吧。

多多： 我不喜欢宇宙死气沉沉的，我喜欢充满变化的世界。

妈妈： 是啊，所以要感谢共工，让水有了流淌方向，让日月星辰有了运行轨道。这个神话内容很丰富，不仅是对上古部落斗争的描述，还是人们对中国西高东低的地理形势做出的神话解释呢。

多多：我喜欢红头发的共工的样子。

妈妈：我也喜欢。

多多：我喜欢看水不断地流着，也喜欢听水流发出的叮叮咚咚的声音。

妈妈：我也喜欢。

多多：我喜欢天上的星星一闪一闪的样子。

妈妈：我也喜欢。

……

神话原典

原文：共工之王，水处什之七，陆处什之三，乘天势以隘制天下。

——《管子·揆度》

译文：共工称王的时候，水占据世界的十分之七，陆地占据世界的十分之三，共工就借着天势来控制天下。

原文：昔者共工与颛顼争为帝，怒而触不周之山，天柱折，地维绝。天倾西北，故日月星辰移焉；地不满东南，故水潦尘埃归焉。

——《淮南子·天文训》

译文：从前共工和颛顼争夺部落天帝之位，共工发怒碰倒了不周之山，撑天的柱子和系地的绳子都断了。天向西北倾斜，所以日月星辰向西北方移动；地向东南沉陷，所以水流、尘土都汇集到这里。

探寻“神奇”

让妈妈帮着找一张中国地图，看看中国的地形地势是怎样的。

女娲救世

——炼石补天

妈妈：天塌了怎么办？

多多：补一补呗。

妈妈：用什么补啊？

多多：用星星补一下就好了。

妈妈：哦，难怪我每天晚上看着夜空，上面都打满了补丁啊。

多多：是啊，补丁还挺好看的，闪闪发光呢。

妈妈：你好有想象力啊，果然孩子是最适合听神话的。

颛顼和共工打了一仗，把整个世界都搞得一塌糊涂。本来呢，四方有撑天的柱子，结果柱子断了；本来呢，承载万物的有茫茫大地，结果大地裂开了。这下好了，天盖不住地，地也盛不了东西了。而且天地之间，到处是燃烧着的火焰和泛滥着的水流。这下地上的人都没有安居的地方，他们在大地上到处奔波，但他们所到之处都能遇到凶猛的野兽和巨大的鸟儿，它们从原本边远的地方跑出来，四处猎杀人类。人们向上天呼唤："天哪，救救我们吧！"

这个时候，最伟大的女神——女娲终于忍受不了了。本来她造完了人，又指导人们繁衍后代，可以“光荣退休”，享受“神生”了。但她有一颗善良的、普度众生的心，所以她一看到世界变成这样，又开始奔波了。

这次的工程比较浩大，一时之间都不知从何入手呢。先把天补一补吧，要用非常坚固的材料，女娲又非常爱美，还要用好看一点的材料。她满世界找来最美丽的五彩神石，烧起一个巨大的炉子。只见各种色彩的火焰跳动着，那些神石都被熔化在炉子之中。女娲一点一点地用神石化为的黏土把天穹补缀起来。她补天的样子，简直像是一个超一流的艺术家呢。接下来要把支撑天地的柱子补好，用什么好呢？她想到海里面有巨大的龟，它们甚至可以承载蓬莱、岱舆这样的神山。女娲就斩断大龟的腿，作为撑起天地的柱子。在她忙着飞上飞下补天的时候，她看见黑龙也在忙着飞上飞下伤害中原的百姓。她一怒之下就杀死了黑龙，使百姓得到了安宁。她看见洪水滔天，就把芦苇的灰纷纷扬扬撒下去，止住了洪水。这下天地重新立好了，人们不再感到天翻地覆了。方位调整好了，时间、季节也调整好了，春天是温暖的，夏天是炎热的，秋天是肃杀的，冬天是严寒的。但是有些就不能再调整了，比如地势还是西高东低的。

感觉共工、颛顼这些人，就是一帮调皮的孩子，老是闯祸；而女娲呢，是最伟大的母亲，她热爱自己的孩子，包容自己的孩子。

多多：女娲好厉害啊。

妈妈：是啊。女娲的功劳和神力都非常大。

多多：那女娲的五彩神石是什么样的？

妈妈：大家都没有见过，不过我相信，五彩神石的颜色就是朝霞和晚霞的绚烂颜色。

多多：如果用五彩神石作为颜料来画人，一定很好看。

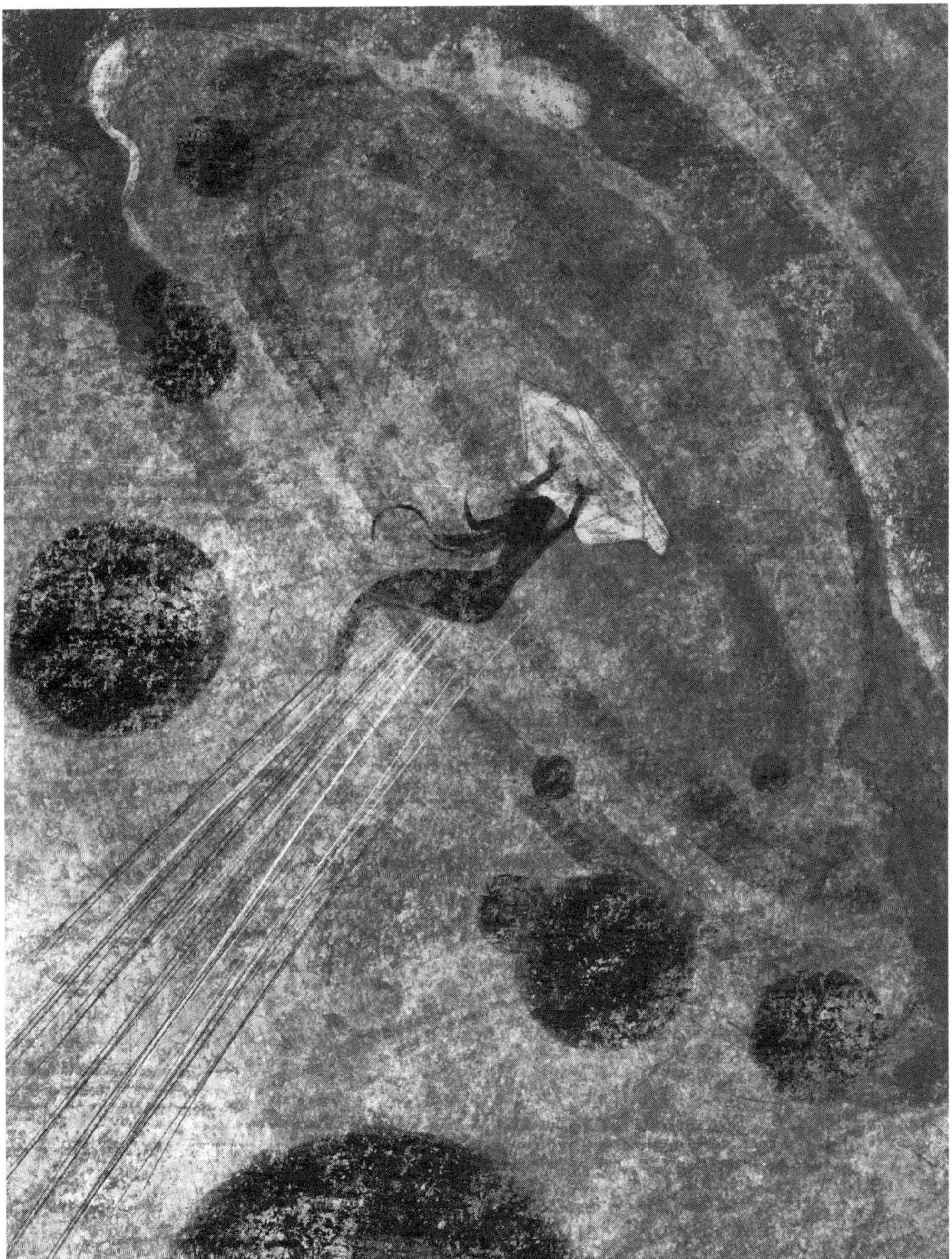

妈妈：我知道五彩神石幻化成的人是怎样的。

多多：是怎样的？

妈妈：中国有一部伟大的小说《红楼梦》，里面说女娲炼石补天的时候有一块石头没有用上，后来就跟着一个人到人世间去了。

多多：贾宝玉！

妈妈：对，贾宝玉就是这样一个人，有补天之才，却暂时没有被用到，来到人世间生活，却不愿意受到俗世生活的束缚。

多多：《红楼梦》竟然与女娲补天有关联，真有意思！

神话原典

原文：往古之时，四极废，九州裂；天下兼覆，地不周载；火爁炎而不灭，水浩洋而不息；猛兽食颛民，鸷鸟攫老弱。于是女娲炼五色石以补苍天，断鳌足以立四极，杀黑龙以济冀州，积芦灰以止淫水。苍天补，四极正；淫水涸，冀州平；狡虫死，颛民生；背方州，抱圆天；和春阳夏，杀秋约冬，枕方寝绳。

——《淮南子·览冥训》

译文：远古的时候，四方撑天的柱子倒塌了，九州大地裂开了，上天不能全部覆盖大地，大地也不能遍载万物；大火蔓延而不能熄灭，洪水漫流而无法控制；猛兽吞食善良的人们，凶鸟捕食老弱之人。于是女娲熔炼五彩神石来补缀天穹，斩断鳌足作为撑天的柱子，杀死黑龙以解救中原人民，积聚芦灰来堵塞涌出的大水。苍天补好了，四极立住了；淫水平息了，冀州安定了；毒虫猛兽杀死了，善良的人们得以生存；背朝大地，拥抱上天；春天温暖、夏天炎热，秋天肃杀、冬天严寒。人们以方正的矩为枕头，卧在笔直的绳子上。

探寻“神奇”

小朋友，可以说说朝霞和晚霞中有多少种色彩。

夸父逐日
——用生命赛跑

妈妈： 多多，你经常听到的神话故事有哪些呀？

多多： 妈妈，我经常听到的有盘古开天辟地、女娲补天，还有夸父逐日。

妈妈： 对，我们今天就来讲夸父逐日。夸父去追太阳，你觉得他可爱吗？

多多： 我觉得他很可爱，他可能是想和太阳一起玩耍吧。

妈妈： 嗯，不过妈妈觉得他可爱的地方在于他很有毅力，想做一件事情，就坚持去做。

多多： 感觉像精卫一样。

妈妈： 对，夸父和精卫确实都是坚忍不拔的精神的代言人。

据说夸父是炎帝的后裔。我们上次讲到了共工，夸父可能就是共工的孩子的孩子的孩子，所以他也继承了共工那种不屈不挠的战斗精神。

他的形象很有意思，他是一个巨人。我们经常会说："你好夸张啊！""夸"，其实就是"大"的意思；"父"呢，是对男子的美称。

估计炎帝的后代中，有不少高高壮壮的。夸父有可能不是一个特定的人，而是一个巨人族的统称。据说夸父耳朵上挂着两条黄色的蛇，手里也握着两条黄色的蛇。他就这么雄赳赳气昂昂地行走在天地之间。他俯瞰大地，仰视太阳，竟然生出了一种豪情壮志，想要和太阳比试一番。他要追赶太阳，想在禺谷那个地方把太阳抓住。禺谷就是当时人们认为太阳落下的地方。古人非常有趣，他们看到日升日落，就认为太阳有升起的地方和落下的地方。所以夸父认为，如果能够到达禺谷，就一定能把太阳拦截住。

夸父开始大步流星地奔跑，他跑的时候，觉得太阳也在奔跑。小朋友们也一定有这样的经验吧？你要是去追赶太阳或者月亮，会发现它们也会随着你一起移动。夸父奔跑的速度很快，快得像一阵风一样；他的脚步迈得很大，很快就迈过了千山万水。眼看离太阳越来越近了，四周也越来越炎热了。那阳光仿佛射入了眼睛里、皮肤里、身上的每个毛孔里。夸父已经出了几十身汗了，一种感觉越来越困扰着他，那就是渴。他从来没有这么渴过！没有办法，先喝点水解解渴吧。于是他来到了黄河边，俯身下去，一口气喝完了黄河主干道的水；他又来到了黄河最大的支流渭水边，俯下身去，一口气喝完了渭河的水。他直起身子，仍旧觉得唇干舌燥，浑身燥热，感觉整个人都在燃烧着。他望了望太阳，好像很近了。他想再去北方的大泽喝点水。他觉得应该来得及追上太阳。于是他往北大步地跑，但是跑了不久他便觉得浑身乏力，天旋地转。他最后望了一眼太阳，太阳光芒四射，好像在招呼他：“快跑呀，快跑呀，怎么不来追赶我了？”他闭上了眼睛，巨大的身躯轰然倒下了。在他死之前，眼里还是一片桃红色绚烂的阳光。他追赶太阳的时候用的手杖，也一下子掉到地上。他的身躯化为了最肥沃的土壤，而那手杖一接触泥土，便生根发芽，很快就长大成林，化作数千里桃林，开出绚烂的花朵，就像夸父临死前看到的太阳的色彩一般。

多多：妈妈，夸父虽然没有追上太阳，但是他很伟大。

妈妈：是的。关于夸父为什么要追太阳，有很多种说法。

多多：有哪些说法啊?

妈妈：有人说上古有一个气候非常炎热的时期，夸父逐日其实是人们和干旱天气的抗争；有人说逐日就是追赶时光，夸父是想要留住时光；有人说夸父逐日就是向西长途跋涉，其实是一群人向西迁徙。

多多：嗯，不管哪种说法，夸父都很伟大。

妈妈：是啊!

神话原典

原文：大荒之中，有山名曰成都载天。有人珥两黄蛇，把两黄蛇，名曰夸父。后土生信，信生夸父。夸父不量力，欲追日景，逮之于禺谷。将饮河而不足也，将走大泽，未至，死于此。

——《山海经·大荒北经》

译文：大荒当中，有一座山叫成都载天山。有个人耳朵上挂着两条黄蛇，手里握着两条黄蛇，名叫夸父。后土生了信，信生了夸父。夸父自不量力，想要去追赶太阳的光影，将它在禺谷捉住。他追到半路，口渴难忍，于是喝干了黄河的水，却还不解渴，又想去喝大泽的水，还没有到，就渴死在这里了。

原文：夸父与日逐走，入日；渴，欲得饮，饮于河、渭，河、渭不足，北饮大泽。未至，道渴而死。弃其杖，化为邓林。

——《山海经·海外北经》

译文：夸父与太阳赛跑，追到太阳下山的地方，感到口渴，想要喝水。他在黄河和渭水喝水，黄河和渭水喝干了还不够解渴。他向北去大泽喝水，还没有到，就在半路上渴死了。他丢掉了他的手杖，手杖化为桃林。

探寻“神奇”

小朋友，可以找个木棒立在太阳底下，测测木棒的影子在早、中、晚有什么变化。

帝喾帝俊

——合二为一

妈妈： 多多，你最欣赏酷酷的神或者人，对吧？

多多： 是啊！

妈妈： 如果有一个人名字叫喾，发音和“很酷”的“酷”一样，是不是更酷啊？

多多： 是啊，谁有这样的名字啊？

妈妈： 帝喾，有时还把他叫作帝俊，“俊俏”的“俊”。

多多： 哇，那不是又酷又帅吗？

妈妈： 是啊！

我们上次说到“三皇五帝”，“五帝”的一个版本就是黄帝、颛顼、帝喾、尧、舜。帝喾位于中间，他是一个承上启下、稳稳当当、声名显赫的首领。他在古代的文本中，有时候以帝喾之名出现，有时候以帝俊之名出现。根据后来学者的研究，其实帝喾就是帝俊，本来就是一个人，或者说是一个神。

我们知道，颛顼是最热爱秩序的，而帝喾呢，又曾经辅佐过颛顼，深受颛顼的好评。据说那个时候有九个部落联合起来攻打颛顼，帝喾向颛顼献计，使用离间计，很快就平定了强敌。所以颛顼就把辛这个地方封给了帝喾。辛这个地方地势很低，后来帝喾央求颛顼，把这个地方抬高，于是这里变成了高辛。

不仅颛顼给帝喾点赞，这个又酷又帅的首领还得到了广大人民群众的点赞。在《山海经》里面，提到黄帝只有十二次，提到帝俊竟然有十六次，还有四次是帝喾，加起来一共有二十次。那他到底好在哪里呀？

他每次出场都很有派头，有五彩之鸟成双成对地簇拥着他。帝喾是东夷族的祖先神。东夷族的图腾就是飞鸟。五彩之鸟一般指凤凰。古代的皇帝都想目睹一下凤凰的风采，但是很遗憾，大多数皇帝都没有这个荣幸，因为凤鸟的出现意味着太平盛世。看来，帝喾是个盛世之君。

帝喾的出场还伴随着音乐。帝喾和颛顼一样，也很喜欢音乐。他命令乐工制作了很多乐器，比如鼓、钟、磬等，还命令乐师咸黑制作了乐曲《九招》《六列》《六英》等。每当音乐响起，他身边的一只名叫“天翟”的凤鸟便会翩翩起舞。这一幕确实很帅啊。

形式是一方面，更重要的是内在。帝喾是个有诚信、有爱心的人。在这点上，他完胜黄帝和颛顼。据说当时犬戎房王作乱，帝喾就发下悬赏令：能取房王人头的，可以得到千金，封万户，还可以迎娶帝喾的女儿。这个时候，帝喾身边一条名叫盘瓠的狗飞奔出去，过了很久，竟然衔了房王的人头回来。这下帝喾有点为难了，但一言既出，驷马难追，他还是把女儿嫁给了盘瓠。盘瓠夫妻俩开疆拓土、生儿育女。

可能是因为帝喾自己非常仁爱，所以他的妻子、孩子们也都不错，这可比颛顼好多了。颛顼也是位天帝，可生下的孩子竟然不是这个鬼就是那个鬼；帝喾呢，他的后代可不得了，不是商的祖先就是周的祖先。我们在后面还会慢慢道来。

所以经过一番从外表到人品的比拼之后，我们发现帝喾确实人气最高、点赞数最多，确实是又酷又帅的典范啊。

多多：嗯，这个天帝我喜欢。

妈妈： 你喜欢他哪里呀？

多多： 他不仅是个好首领，还是个好爸爸、好的艺术家。

妈妈： 是啊。那你总结的这些优点里面你最喜欢哪一点？

多多： 我喜欢他是个好爸爸。

妈妈： 好啊，接下来我们还要讲他的妻子、他的孩子的故事呢，他们家的故事好多呢。

多多： 太好了，我要听！

神话原典

原文： 帝喾年十五岁，佐颛顼有功，封为诸侯，邑于高辛。

——《世本·帝系篇》

译文： 帝喾十五岁的时候，辅佐颛顼立了功。颛顼封他为诸侯，并把高辛这个地方赐给他。

原文： 有五彩之鸟，相乡弃沙。惟帝俊下友。帝下两坛，采鸟是司。

——《山海经·大荒东经》

译文： 有一群五彩羽毛的鸟，正成双成对地婆娑起舞。帝俊最喜欢从天上下来和它们交朋友。帝俊在下界的两座祠坛，由这些五彩鸟掌管着。

探寻“神奇”

小朋友去博物馆的时候可以了解一下编钟，也可以找编钟演奏的音乐来听一下。

常羲羲和
——闪亮登场

妈妈： 上次我们说到帝喾的出场，是不是很有气势啊？

多多： 是啊，既有凤凰簇拥着，又有音乐的伴奏。

妈妈： 他妻子的出场，比他闪亮多了。

多多： 是吗？

妈妈： 是啊，闪亮得让人眼睛都睁不开了。

多多： 应该是的，这么帅的人，应该配特别光彩照人的妻子的。

接下来轮到帝喾的妻子出场了。不过她们一出场，估计大家第一件事情不是睁大双眼，而是用手挡住宇宙间最灿烂的光芒，同时闭上眼睛膜拜。

在遥远的东南海之外，有一条清澈的河，叫作甘水；甘水流经一个闪闪发光的国家，叫作羲和之国；羲和之国有一个美丽的女子，叫作羲和。羲和正在做一件最浪漫、最有想象力的事情，即便是在神话之中也很少见到。羲和在干什么呢？远远看过去，只见一片光辉灿烂，羲和伸出皎洁修长的手指，手指所到之处，明明暗暗的光线变幻无穷，让人眼花缭乱。她正在甘渊这个地方给太阳洗澡呢！羲和就是帝俊（帝喾）的妻子，她生了十个太阳，原来，她是在给

自己的孩子们洗澡啊！

而相似的一幕发生在大荒当中的日月山上。日月山是天的枢纽，主峰是吴姖天门山，那边是太阳和月亮进去的地方。那儿也有一个美丽的女子，叫作常羲。她也是帝俊的妻子。她和羲和不同。羲和生了十个太阳；她呢，生了十二个月亮。她也正在给月亮们洗澡呢。这儿的光线柔和好多，人们可以直视这美好而浪漫的一幕。可以看到，水儿流过月亮们，月亮们被洗得越发皎洁通透，水里面是月亮们朦胧的倒影。天地之间都被染成了淡淡的黄色。月光照在常羲的脸上，她的眸子中似乎也流淌着月光和波光。

羲和、常羲的出场是否闪亮照人呢？她们竟然是太阳和月亮的妈妈！这样的想象，即便在神话中，也称得上大胆惊人。而帝喾与太阳确实有着密切的关系。还有一个版本说他有一个妃子，这个妃子举止非常潇洒。她乘风驾云，自由遨游在伊水和洛水之间。这个妃子经常梦见自己吞吃太阳，她做一次吞太阳的梦，就生一个儿子。她一共做了八次这样的梦，一共生了八个儿子。

帝喾的妻子们都如此了得，她们是日月之母，而古代主要是依靠日月来确定时间的，所以帝喾在某种意义上就是时间之神了。有一种比较有趣，又有一定合理性的解读：羲和生了十个太阳，意思是羲和以旬来计算时间，把十天作为一个计时单位，三旬就是一个月；而常羲生了十二个月亮，意思是常羲以月来计算时间，十二个月为一年。这么一说，可能就让人恍然大悟了。

帝喾的后代中有司幽，司幽就是黑暗；帝喾的后代中还有白民，白民就是光明。原来日与月、黑暗与光明，都是帝喾的管理范围呀。

多多：这个神话好美啊。

妈妈：对，这种美应该是壮美。这是人们直接与日和月对视，大自然是如此光辉灿烂。

多多：我见过海上日出，也读过“海上明月共潮生”的诗，感觉太阳和月亮确实每天都在水里洗过澡才出来的。

妈妈：太阳和月亮很讲卫生啊。

多多：是啊。所以它们每天都美美的。

妈妈：没错，不过太阳、月亮和小朋友一样，也要妈妈帮它们洗呢。

多多：对啊，那时它们刚生出来，它们长大了就不会了。

妈妈：哦，原来是这样啊。

神话原典

原文：东南海之外，甘水之间，有羲和之国。有女子名曰羲和，方浴日于甘渊。羲和者，帝俊之妻，生十日。

——《山海经·大荒南经》

译文：东南海海外，甘水流经的地方，有个羲和国。有一个女子，名叫羲和，正在甘渊里洗太阳。羲和，就是帝俊的妻子，她生了十个太阳。

原文：有女子方浴月。帝俊妻常羲，生月十有二，此始浴之。

——《山海经·大荒西经》

译文：有个女子正在替月亮洗澡。帝俊的妻子常羲，生了十二个月亮之后，才开始给它们洗澡。

探寻“神奇”

小朋友有空的话，和爸爸妈妈一起看一次日出或者日落吧。

姜原弃子

——别人家的孩子

多多： 帝喾的孩子们也很神奇吧？

妈妈： 你说对了，帝喾的孩子们确实都是神奇小子。

多多： 他们是怎样神奇的呢？

妈妈： 我会和你慢慢道来，不过妈妈总在怀疑，那些孩子难道都是帝喾家的吗？

多多： 你为什么怀疑？

妈妈： 你听了就知道了，没准不是帝喾家的，而是别人家的孩子。

多多： 好可怕啊。

妈妈： 为什么可怕呀？

多多： 因为别人家的孩子都是最厉害、最可怕的孩子。

帝喾的正妃叫作姜原，她是有邰氏的女儿。邰这个地方很重要哦，后来成为周族世代居住的地方了。

姜原有一天跑到野外去玩，走着走着，见到一个巨大的脚印。她绕着这个脚印看来看去，觉得好有意思："真的假的呀？谁有这么大的脚印？"她可能想要比较一下，就伸出自己小小的脚，踩在那个大大的脚印上。与大脚印相比，她的脚太小了。她正想惊叹，突然觉得身体发生了一些微妙的变化，好像被震了一下，她很吃惊。随着时间的推移，各种迹象都表明她怀孕了，等到十月期满，她真的生下了一个男孩！这下她又惊又怕，怎么会发生这样的事情啊？她越看这个孩子，越觉得不祥。

她想来想去，还是决定把孩子丢掉。她抱着孩子，先是来到窄窄的小巷子里，远远地，有一群牛马正踱步过来。她一狠心，就把孩子扔在巷子里，然后躲在附近看。她惊讶地发现，那些牛啊马啊，不管是在奔跑的还是在散步的，只要到了孩子身边，都小心翼翼地躲开。她只好抱起孩子，想着干脆再走远点吧，把孩子扔到山林之中。她来到山林，没想到这天山林中和大街上一样熙熙攘攘、人来人往，她没有机会把孩子放下。于是她只好再换地方。她看到一条沟渠，里面的水已经结冰了，她横下心来，把孩子往冰上一丢。突然她听见天上有飞鸟鸣叫，神奇的一幕又发生了。她看见飞鸟从天而降，展开翅膀，将孩子庇护在翅膀之下。这个孩子真的是命不该绝啊，好像老天都在庇护着他呢。这个时候，她终于又后悔又惊喜，跑过去抱回了孩子，从此悉心照顾他，让他健健康康地成长。孩子需要一个名字，因为起先她是想抛弃这个孩子的，所以她干脆就给这个孩子起名叫作弃。

很快，这个孩子就显示出了别人家的孩子——简称“牛娃”的特质。他最擅长植物学，孩童时期，他就开始种麻、种豆，长大之后他能够广采嘉种，教人们播种百谷。继神农之后，他是又一个对中华民族的农业发展做出杰出贡献的人。

还有很牛的一点，据说他就是周的始祖后稷。

多多：这真是个很有趣的故事，不过这个娃好像真的不是帝喾的娃。

妈妈：为什么呢？

多多：因为他妈妈是踩了脚印生下他的。

妈妈： 对，我们说这是别人家的娃，还有一个原因。

多多： 什么原因？

妈妈： 有的学者认为姜原要比帝喾晚很多很多，所以她或许不是帝喾的妃子，有可能只是和帝喾的部族联姻的吧。

多多： 是这样啊，那后稷真的是别人家的孩子了。

神话原典

原文：周后稷，名弃。其母有邰氏女，曰姜原。姜原为帝喾元妃。姜原出野，见巨人迹，心忻然悦，欲践之，践之而身动如孕者。居期而生子，以为不祥，弃之隘巷，马牛过者皆辟不践；徙置之林中，适会山林多人，迁之；而弃渠中冰上，飞鸟以其翼覆荐之。姜原以为神，遂收养长之。初欲弃之，因名曰弃。

——《史记·周本纪》

译文：周代（始祖）后稷，名叫弃。他的母亲是有邰氏的女儿，叫作姜原。姜原为帝喾的正妃。姜原到了野外，见到一个巨大的脚印，心中喜悦，想要踩上去，踩上去之后身体震动，好像怀孕了。满十个月生下孩子，姜原觉得不吉祥，把孩子扔在狭窄的巷子中，经过的牛马都避开孩子，怕踩到他；姜原转而把他丢在山林中，刚好山林中有很多人，她只好又换地方；把他丢在沟渠的冰上，飞鸟用翅膀覆盖、保护他。姜原认为这个孩子很神奇，于是把他养大成人。因为刚开始想要抛弃他，所以姜原就给他取名叫弃。

探寻“神奇”

小朋友和爸爸妈妈一起查查看，五谷丰登中的“五谷”是什么。

简狄得子

——玄鸟生商

妈妈： 别人家的孩子，不是只有后稷呢。

多多： 还有谁啊？

妈妈： 商的始祖契，也是别人家的孩子。

多多： 怎么这么好玩啊？

妈妈： 是啊，可能伟大的人的出生都比较神奇吧。

多多： 那我的出生神奇吗？

妈妈： 哦，等你伟大了之后，妈妈再告诉你吧。

多多： 好！

姜原是有邰氏的女儿，简狄是有娀氏的女儿。有邰氏、有娀氏都是不同地方的部族。姜原、简狄的孩子后来也成为不同地方的部族首领。

有娀氏有两个女儿，都是美女。有娀氏很喜欢她们，就给她们造起了九层的高台。高台上鼓乐齐鸣，仿佛天上的仙乐。音乐响起时，两个女儿就该吃饭了。

九层高台那么高，人间的人当然欣赏不到了，只能被天帝在天上遥遥地欣赏着。天帝就派了一只玄鸟去看她们。玄鸟就是燕子。“玄”是“黑色”的意思。燕子展翅飞临高台，发出清脆好听的叫声。那两个女孩，在高台之上好寂寞，见有这么可爱的燕子来找她们玩，当然

很喜爱；她们不愿意燕子离去，争着扑住燕子，然后小心翼翼地用玉筐罩住燕子。她们听见燕子在玉筐里照旧唱着歌，更加喜欢那燕子了。就这样，她们听燕子唱了很久很久，忍不住想打开玉筐看一看。她们轻轻地揭开玉筐，没想到“唰”的一声，燕子就像一道黑色的光，一下子向北飞走了。

她们大声呼唤：“回来呀！回来呀！”那燕子早就不见了踪影。她俩好后悔，燕子刚才歌唱的旋律还回荡在她们的耳边，于是她们没精打采地按那旋律唱出了“燕燕往飞”四个字，意思就是“燕子燕子展翅飞”。没想到这么简简单单的一句歌唱，后来竟被认定为最早的北方音乐！

燕子飞走之后，天地间一下子安静下来了，高台上能看见的只有无尽的蓝天白云，能听见的只有四面的风声，好寂寞啊！两个小女孩看着那玉筐，有点爱屋及乌的感觉，就轻轻打开玉筐。呀，里面竟然有东西！再一看，洁白玲珑，竟然是燕子蛋。其中一个女孩子，拿起燕子蛋放在手心里。燕子蛋衬着皎洁的玉手，让人爱不释手。不知是什么原因，那个女孩子看了一会儿，竟然一下子把燕子蛋吃了下去。那个女孩，就是简狄。

后来的故事，小朋友一定知道了。就像姜原踩在大脚印上生下了孩子一样，简狄吃完燕子蛋之后也怀孕了，后来她也生下了一个“牛娃”，那“牛娃”就是商的始祖，名叫契。

多多：哦，吓得我都不敢吃鸡蛋、鸽子蛋了。

妈妈：哈哈，没关系的。其实这些故事的背后，都有一个共同的秘密。

多多：什么秘密？

妈妈：那就是知其母而不知其父的社会现象。

多多：她们的父亲不是帝喾吗？

妈妈：他们的父亲应该不是帝喾，有可能是因为他们的父亲不太有名，就假托为帝喾；也有可能只是其他氏族和帝喾部落之间的联姻，而不是直接和帝喾的婚姻。

多多：原来如此！

神话原典

原文：殷契，母曰简狄，有娀氏之女，为帝喾次妃。三人行浴，见玄鸟堕其卵，简狄取吞之，因孕生契。

——《史记·殷本纪》

译文：殷的始祖契，母亲叫作简狄，是有娀氏的女儿、帝喾的第二个妃子。她和另外两个人一起沐浴，看到黑色的鸟儿（燕子）掉下蛋来。简狄捡起来吞了下去，于是怀孕生下了契。

原文：天命玄鸟，降而生商。

——《诗经·商颂》

译文：上天派黑色的鸟，飞临人间，生下了商的始祖。

原文：有娀氏有二佚女，为之九成之台，饮食必以鼓。帝令燕往视之，鸣若谥隘。二女爱而争搏之，覆以玉筐。少选，发而视之，燕遗二卵，北飞，遂不反。二女作歌，一终曰"燕燕往飞"，实始作为北音。

——《吕氏春秋·季夏纪》

译文：有娀氏有两位美貌的女子，给她们造起了九层高台，饮食时一定用鼓乐陪伴。天帝让燕子去看看她们，燕子去了，发出"谥隘"的叫声。那两位女子很喜爱燕子，争相扑住它，用玉筐罩住了。过了一会儿，她们揭开玉筐看它，燕子留下两枚蛋，向北飞去，不再回来。那两位女子作了一首歌，歌中唱道"燕子燕子展翅飞"，这是最早的北方音乐。

探寻"神奇"

小朋友可以在爸妈的帮助下做一个燕子风筝。

阏伯实沈
——永不相见

多多：我现在开始有点佩服帝喾了。

妈妈：为什么？

多多：他自己那么优秀，孩子也那么棒。虽然有的孩子，并不是他真正的孩子。

妈妈：是啊，不过龙生九子，各不相同哦。

多多：他还有不好的孩子吗？

妈妈：有啊。不过有一点很有趣。

多多：什么？

妈妈：我觉得不管什么样的孩子，在爸妈的心里，都是闪亮的小星星。

帝喾还有两个儿子，一个叫作阏伯，一个叫作实沈。这两个娃可不让人省心，如果后稷与契是传说中别人家的孩子，那么这两个孩子就是传说中的熊孩子。他们一个是老大，一个是老四，一个不爱护幼弟，一个不尊重长兄。他们都住在空旷的树林里面，天天找茬打架，闹得鸡犬不宁，闹得他们神一样的老爸帝喾也心神不宁。而且他们还不是小打小闹，简直就是兵戈相见。

帝喾作为爸爸，也一直在想各种办法调解，但是时间久了，两个

娃还是针锋相对，简直就是水火不容，长此以往，事情会越来越糟糕。帝喾只好狠下心：好吧，你们既然过不到一起去，那就分开吧，离得远远的，再也看不到对方。这不就省心了嘛！

二人应该分开多远才看不到对方呢？这又是件难办的事情。好在帝喾上知天文，下晓地理。他就让阏伯去了东边的商丘，刚好对应的是辰星（商星）的分野；让实沈去了西边的大夏，对应的是参星的分野。分野呢，就是将天上星空的区域与地上的区域相对应。阏伯主管的是祭祀商星。商星又称大火星，后来民间就把阏伯当作火神来祭祀。实沈的工作呢，则是主管祭祀参星的工作。商星和参星可不是两颗简单的星星，中国古人将参、商、北斗并称三辰。辰是古人用来确定季节的主要亮星或星官。

这两个星座呢，也确实像这两个永远不能见面的兄弟，正好处于黄道的东西两端。黄道就是地球绕太阳公转的轨道，一年公转一圈。每当商星从东方升起，参星便没入西方地平线；而当参星从东方升起，商星也已没入西方的地平线。它们绝不在天空中同时出现，所以用它们来确定时间是再准确不过的。当参、商二星恰好位于春分和秋分点上时，太阳从正东方升起、正西方落下。所以参、商二星也是用来确定季节的星座。

阏伯和实沈虽然看不惯对方，当年老打仗，但是当分配到商丘（今天的河南省）和大夏（今天的山西省）两个地方之后，倒安下心来，不再那么淘气，而是踏踏实实地工作。大概熊孩子总有一天也会长大吧！他们把祭祀和观察星辰的工作做得好好的。阏伯之后，商人继承了他的职责，所以辰星又被叫作商星；而实沈之后，唐人继承了他的职责，后来唐人也臣服于夏和商两朝。

所以，哪怕是熊孩子，也都是闪亮的小星星！

其实，这个故事本身没有什么诗意，但是后来人们写诗时经常会用到参、商二星，表达与朋友或者亲人相隔天涯、永难见面的惆怅的情感，参、商二星的本事，反而很少有人去关注了。

妈妈：多多，妈妈最喜欢的一句诗是杜甫的“人生不相见，动如参与商”。它表达了一种非常惆怅的情感。你听过故事以后，能猜猜这句诗的意思吗？

多多：我知道，就是人生总有分别，而且离开得很远很远，就像参星与商星一样，互相见不到。

妈妈：本来阏伯和实沈是不愿意相见的，所以分开得远远的；而后来的诗歌中呢，表达的却是不能相见、怀念对方的意思。情感完全变化了，你觉得有趣吗？

多多：是啊，很有趣，不过我觉得最有趣的不是这个。

妈妈：那是什么？

多多：是妈妈说的那句话，不管是好孩子还是坏孩子，在爸妈心里，都是闪亮的小星星！

神话原典

原文：昔高辛氏有二子，伯曰阏伯，季曰实沈，居于旷林，不相能也。日寻干戈，以相征讨。后帝不臧，迁阏伯于商丘，主辰，商人是因，故辰为商星；迁实沈于大夏，主参，唐人是因，以服事夏商。

——《左传·召公元年》

译文：从前高辛氏有两个儿子，大儿子叫作阏伯，第四个儿子叫作实沈。他们住在空旷的树林中，却无法好好相处。他们每天找借口打架，互相征战讨伐。后来帝喾不满意，就把阏伯迁到商丘，让他主管祭祀辰星的工作，后来商人继承了他的职责，所以辰星又被称为商星；把实沈迁到大夏，让他主管祭祀参星的工作，后来唐人继承了他的职责，并臣服于夏与商两朝。

探寻“神奇”

和父母一起找星座图看一下，试着记住一些简单的星座。

西王母的变迁
——女神的整容史

妈妈：人间的事情暂时告一段落，我们又要回到天上，讲一讲女娲之后的重量级女神了。

多多：我知道，一定是王母娘娘。

妈妈：看来你了解得很多呀。女娲自从炼石补天之后，好像就退休了。接下来，西王母比较活跃，她的身影一直出现在很多个时间段里。

多多：我知道，王母娘娘也在《西游记》里出现过。

妈妈：没错，《西游记》是一本很有趣的书，它把中国的各路神仙，不管是道教的、佛教的，还是民间信仰的，全都整理到一个系统里去了。

多多：在《西游记》中，感觉她的地位只比玉皇大帝差一点儿。

妈妈：是啊，西王母虽然是后起的女神，但她在神谱中一直地位不低。

同样是女神，西王母和女娲相比，是个后起之秀。女娲是创世之神，而西王母呢，是人们安居乐业之后慢慢构筑出来的一种想象，不管是她的形象、地位还是她的居所，都不断发生着变化。

在《山海经》里，西王母住在西边的昆仑山上。昆仑山是天帝生活的地方，在中国的西北，方圆八百里，高有万仞。山上住着好多半人半兽的神灵，生长着好多奇花异草。

西王母也是一个半人半兽的形象，她长得好怪异，看起来像人，却长着豹子的尾巴、老虎的牙齿，善于啸叫，蓬头散发，头上戴着玉胜。玉胜，就是玉制的发饰。从上到下，只有头上的那个玉胜，透露出一点她的美丽和高贵。她最早的职责也让人肃然起敬，主管的是上天的灾疠和五刑残杀之气（即瘟疫和刑罚）。而她当时住的地方，也是蛮荒之地，据说她还住在岩洞里呢。

这么一个女神，真是让人失望和害怕。但是女神毕竟是女神，她很快就开始打造自己的形象，一场彻底的“整容活动”开始了。

在汉代的文本里面，西王母变成一个白发苍苍的老妇人，这个老妇人掌管着不死之药。这下想来见西王母的人就多了，据不完全统计，后羿来找过她，周穆王来找过她，汉武帝也来找过她。甚至《西游记》中的孙猴子，也造访过她的蟠桃园，一口气吃了她好多个蟠桃。看来从女娲到西王母，一开始人们的注意力集中在自然之上，希望能揭开天地万物和人类起源之谜；后来人们的注意力就集中在自身了，希望能够延年益寿、长生不老，这大概也是全人类的“理想”吧？这么一来，西王母的地位自然就越来越高。

不过这么苍老的形象，就算得到长生又如何呢？人们对这个形象不满意，西王母自己一定也不满意，所以她又开始打造自己，最终把自己定格为一个美妇人的形象。她的出场，简直让人眼花缭乱。有两个侍女扶着她，两个侍女是十六七岁的模样，而她呢，则是一个三十多岁的美妇人，容颜绝世，穿着金色的衣服。她头上梳着很美的发髻，脚上穿着很美的鞋子，腰间还有佩剑。她的身边，有三只青鸟，这是她的使者；还有九尾狐，以及传说中为她捣制不死之药的玉兔。这个排场，人间的帝王与之相比都黯然失色。

既然西王母的形象已经变成了年轻美貌的女子，“窈窕淑女，君子好逑”，所以在她身边，出现了和她非常般配的东王公。后来他们又演变成了王母娘娘和玉皇大帝。

西王母走过了一条“整容”之路，最终把自己打造成青春逼人、长生不老的女神，而其他人呢，也渴望得到她的不死之药，希望能像她那样越活越年轻、越活越美丽。所以，西王母的地位从原来昆仑山上的半人半兽的神灵之一，渐渐演变为道教的重量级女神。退出江湖的早期女神女娲，一定也会在遥远的天际感叹：这个后起之秀真会打造自己啊！什么时候我也该学学她的“易容术”了！

多多：王母娘娘的形象原来是这么变化的呀。

妈妈：是啊，你喜欢哪个形象呢？

多多：我当然喜欢她最美的形象，不过我觉得她在女神里面算不上最美。

妈妈：还有谁比她美啊？

多多：什么嫦娥啦、织女啦、七仙女啦，一定比她美吧？

妈妈：虽然没有女神排行榜，但我很认同你的感觉。不过，这些女神都和她有关系。

多多：好像是的。

妈妈：所以王母娘娘虽然很美，但只起了抛砖引玉的作用，我们接下来要讲更美的女神。

多多：太好了！

神话原典

原文：玉山，是西王母所居也。西王母其状如人，豹尾虎齿而善啸，蓬发戴胜，是司天之厉及五残。

——《山海经·西次三经》

译文：玉山，是西王母居住的地方。西王母形状像人，却长着豹子的尾巴、老虎的牙齿，善于啸叫，蓬头散发，头上戴着玉胜，主管上天的灾疠和五刑残杀之气。

原文：西海之南，流沙之滨，赤水之后，黑水之前，有大山，名曰昆仑之丘。有神，人面虎身，有文有尾，皆白，处之。其下有弱水之渊环之，其外有炎火之山，投物辄然。有人戴胜，虎齿，豹尾，穴处，名曰西王母，此山万物尽有。

——《山海经·大荒西经》

译文：西海的南岸，流沙的边沿，赤水的后面，黑水的前边，有座大山，名叫昆仑山。有一个神，长着人的脸、老虎的身子，有白色的斑纹和白色的尾巴，居住在这里。山下面环绕着弱水的深渊，外面有一座炎火山，投东西进去马上就会燃烧起来。有个人头上戴着玉胜，长着老虎的牙齿、豹子的尾巴，住在岩洞里，名叫西王母。这座山什么东西都有。

探寻“神奇”

找找《西游记》第五回中王母娘娘蟠桃会宴请了哪些神仙。

牛郎织女

——男耕女织的典范

妈妈： 上次说到有许多女神比西王母长得好看，今天就来讲讲其中的一个——织女。

多多： 妈妈，我听过牛郎织女的故事，觉得织女不只是比西王母好看。

妈妈： 织女还有什么优点啊？

多多： 她会织布啊，心灵手巧。

妈妈： 还有呢？

多多： 她心地善良，对牛郎很好。

妈妈： 对，你总结得很好。所谓女神，应该是既漂亮又善良的，你说是吗？

多多： 是的。

我们在晴朗的晚上抬头看夜空，有可能找到织女星和牵牛星，他们隔得很远。虽然很远，他们却相爱了。可是天庭有一个规定：不准神仙谈恋爱。织女呢，是赫赫有名的王母娘娘的外孙女，王母娘娘没有别的办法，就把牵牛星贬到凡间，也就是让他从神变成了人。王母娘娘又罚织女天天织云锦。织女用一种很神奇的丝，在织布机上织出层层叠叠、变幻莫测的云锦。云锦的颜色会随着时间、季节的变化而

变化。神话中，天上的云彩就是织女织成的。但是自从和牵牛分开之后，她就整天以泪洗面，愁眉不展。她不断地织着织着，盼望牵牛早日返回天界。有一天，其他几个仙女感觉在天上太闷了，想到人间的碧莲池去玩，她们就拉着织女一起去。

再来看看被贬下凡间的牵牛。牵牛投胎于一户农民家里，家中有一头牛。他专门负责放牛，所以大家都叫他牛郎。牛郎的父母死了，他就和哥哥嫂嫂一起过。但是哥哥嫂嫂对他非常不好，要和他分家，并且只把那头老得不像话的牛分给他。牛郎只好和老牛相依为命，找了一块荒地，耕田种地，靠自己的努力，有了一个小小的家。他的家里冷冷清清，他平时只能和那头老牛倾诉。

没想到有一天老牛说话了，原来老牛是天上的金牛星下凡。他说：“牛郎，你今天去碧莲池一趟，你会看到池中有仙女在洗澡。你把那件红色的仙衣藏起来，要穿这件衣服的仙女，就会成为你的妻子。”牛郎吓了一跳，“怎么回事，老牛说话啦？”他既惊讶，又高兴，说：“牛大哥，你真的会说话吗？你说的是真的吗？”老牛点了点头。牛郎便按照老牛说的，悄悄躲在碧莲池旁隐蔽的地方，等待仙女下凡。

不一会儿，仙女们果然从天上翩翩而来，她们脱下轻罗衣裳，跃入碧莲池。牛郎一见，马上就把其中的一件红色仙衣抱走了。仙女们一见有人来了，连忙乱纷纷穿上仙衣，像鸟儿般飞走了。

只剩下一个仙女没办法走，又羞又急，她就是织女。这时牛郎走上来说：“答应我，做我的妻子吧，我就把衣服还给你。”织女抬头一看，好眼熟啊，这个人，不就是自己日思夜想、被贬入人间的牵牛嘛！没想到在人间遇见了，于是织女马上答应了，也没有回天庭，而是和牛郎在人间过起男耕女织的幸福生活。这是中国农业社会最基本的生产生活模式。男的种田，女的纺织，后来他们还生下了一男一女两个小娃娃呢。可是，王母娘娘知道了这件事情，勃然大怒，马上派天兵天将去捉拿他们。

一天，织女正在做饭，牛郎眼睛红红的，走进屋告诉织女："牛大哥死了！他临死前让我把它的皮剥下放好，有朝一日披上它，就可以上天去。"织女一听，心中纳闷这老牛怎么那么神奇。她突然想到，老牛会不会是天上的金牛星啊，因为替牵牛星说了几句公道话，也被贬下了凡间。于是她让牛郎照办，然后把老牛好好安葬了。

他们刚刚安葬好老牛，在回家的路上，忽然狂风大作、阴云密布，天兵天将来了，他们把织女带走了。天兵天将押着织女飞往天庭，突然听到后面有人在呼唤："织女！织女！"原来是牛郎披着牛皮追赶了来，他还挑着一副担子，箩筐里面装着一儿一女。孩子们也在后面呼唤："妈妈！妈妈！"他们之间的距离越来越近，织女都看到了自己儿女可爱的模样，他们喊妈妈的声音那么响、那么凄凉，连天上的神仙听了都要落下泪来。

眼看就要追上了，可是这个时候王母娘娘驾着祥云来了。她拔下头上的玉簪子，往他们中间一划，刹那间波涛汹涌，一条天河隔开了牛郎和织女，两个人隔着河哭得死去活来。王母娘娘也被打动了，她同意牛郎和孩子留在天上，每年的七月初七可以和织女相会一次。但是由于隔着河，他们没法来往。好在每到七月初七，就会飞来好多好多喜鹊，在天河中间搭起一座鹊桥，让他们能在桥上相会。所以，七夕节就成了他们相聚的日子。

多多：我不喜欢王母娘娘，她不够善良。

妈妈：嗯，西王母虽然在不断改善自己的形象，但她还是改不掉严厉的本性，什么都要管。

多多：牛郎和织女都是天上的星星呀，他们还那么勤劳啊。

妈妈：是啊，神都那么努力，何况世上的人啊！

多多：我也要像神一样好好学习、好好工作。

妈妈：这个故事最让妈妈感怀的是，牛郎织女这种男耕女织、其乐融融的生活方式，正是传统中国民众最典型的生活方式，也是大家的生活理想呢。

神话原典

原文：维天有汉，监亦有光。跂彼织女，终日七襄。虽则七襄，不成报章。睆彼牵牛，不以服箱。

——《诗经·小雅·大东》

译文：那天上有着银河，照耀大地，闪烁光芒。那美丽的织女星，一天移动七次。织女纵然移动忙，也没有织出好的布帛。那亮闪闪的牵牛星，也不能用来驾车。

探寻“神奇”

小朋友可以在爸妈的帮助下，查一查银河到底有多宽，牛郎织女之间的距离到底有多远。

羿射九日
——超级大片

妈妈： 说完星星，再来说说太阳和月亮。

多多： 不是有十个太阳宝宝嘛，它们都长大了吧？

妈妈： 对哦，它们都长大了，但是危害也越来越大了。如果它们一起出来，世界很快就会被毁灭。

多多： 那怎么办啊？

妈妈： 那就期待伟大的英雄来拯救人类吧。

多多： 嗯，我知道，电影大片的情节经常是一个人就能拯救一个世界的。

妈妈： 在这个英雄面前，所有电影大片中的主人公应该都望尘莫及。

我们要说的这个英雄是羿，他太厉害了，所以人们也让他跨越了好几个时代。羿最早是帝喾时代的，是帝喾身边的神射手，帝喾赐给了他红色的弓箭，让他去为民除害。我们马上会想到，帝喾的妻子羲和生了十个太阳，她还给太阳宝宝洗澡呢，所以帝喾时代，羿当然不会去射日。

射日的羿出现在唐尧时期。尧和舜的时代是“五帝”中比较靠后

的阶段，也是我们接下来要重点讲的阶段。我们来看一看那个时候发生了什么事情。

本来呢，日月星辰都有自己的运行轨迹和作息时间。十个太阳是轮流工作的，一个太阳回来，另一个太阳才能出去。太阳呢，圆咕隆咚、没手没脚的，自己也不会走，所以它们都是由三足乌鸦负载着运行的。太阳一天的工作日志是这样的：早上从东方旸谷升起来，在咸池里面洗个澡，从扶桑树的枝条下拂过，然后升上扶桑枝头，接着一个地方、一个地方地走，等到达虞渊的时候已是黄昏，接下来就是黑夜了。

本来日子过得好端端的，没想到到了尧的时候，太阳厌倦了这种有规律的工作，想要随意嬉戏。于是十个太阳一起出现在天空，世界很快就乱了套。成片的绿色田野和山林变成了焦黄色，所有的草木都枯萎了，人们种下的庄稼也全都被晒焦了。在炎炎烈日之下，人们无处可逃，也找不到任何食物。而原本应该生活在偏僻地带的各种怪物出现在了人世间：有食人凶兽猰貐，有半人半兽、长着三尺长的牙齿的怪物凿齿，有长着九个脑袋的水火之怪九婴，有搅起满天狂风的巨鸟大风，有硕大的野猪封豨，有身体特别长、能吞掉大象的修蛇。整个世界仿佛都被灾难包围了，整个大地都是人们的哀号之声。

这个时候英雄羿出现了。他奉尧的命令，先是诛杀了那些怪兽：他在南方的大沼泽里杀死了凿齿，在北方的凶水之上杀死了九婴，在东方的青丘之泽射死了巨鸟大风，在洞庭湖斩断了修蛇，在桑林擒获了封豨。

其中最壮观的一幕就是射太阳了。羿身躯魁伟，立于天地之间，取下自己红色的神弓，一点一点将弓拉开，拉得就如一轮满月一般。他对准了正在天上嬉戏、到处游窜的太阳。天气是那么炎热，他脸上的汗水如小河般流淌，甚至流进了他的眼睛。然而他凝视着太阳，眼睛连眨也不眨。羿简直就像一尊雕塑，突然一道光芒从他的弓里射出。伴随着巨大的呼啸之声，那道光芒直接射向天空中的一个太阳。只听一声巨响，明晃晃的世界突然暗了一下，再看天上，只剩下九个太阳了。而一团羽毛也瞬间从天上坠落，原来是那载着太阳运行的三足乌。射落一个太阳之后，羿的精神似乎越来越振奋，在人们的欢呼声中，他射落了一个又一个太阳。而大地也越来越凉爽，色彩也慢慢由焦黄恢复为青绿。等到天空中只剩下最后一个太阳时，尧连忙制止了羿。如果太阳都被射落了，世界也会毁灭的呀！羿没射过瘾，随意往下一射，把正在太阳下面目瞪口呆的怪物猰貐给射死了。

而那些被射落的太阳呢，都落到了东边的海里，它们叠在一起，变成了一块方圆四万里、厚四万里的大石头。只要海水流淌到上面，就会被一下子吸进去烘干，这个大石头叫作沃焦，也叫作尾闾。这下天上平衡了，水的世界也平衡了。在神话世界里，天下那么多水流到大海里，大海却没有满溢出来，主要的原因就是有这块大石头呀。

妈妈：怎么样，这部大片过瘾吧？

多多：很过瘾，真的是超级大片呢。

妈妈：这个故事也不完全是虚构的。当时应该是人类经历了旱灾，也遭遇了很多猛兽的袭击。

多多：对，就像夸父逐日一样，也可能是因为当时有旱灾吧。

妈妈：多多，你能把故事串联起来，真是太棒了。

多多：我喜欢羿这样的英雄，他帮助了很多人。

妈妈：没错，你这个是对英雄最准确的定义。

神话原典

原文： 逮至尧之时，十日并出。焦禾稼，杀草木，而民无所食。猰貐、凿齿、九婴、大风、封豨、修蛇，皆为民害。尧乃使羿诛凿齿于畴华之野，杀九婴于凶水之上，缴大风于青丘之泽，上射十日而下杀猰貐，断修蛇于洞庭，擒封豨于桑林。万民皆喜，置尧以为天子。

——《淮南子·本经训》

译文： 等到尧的时候，十个太阳一起在天空出现。庄稼都被烧焦了，草木全部干死，而百姓连吃的食物都没有。猰貐、凿齿、九婴、大风、封豨、修蛇，都出来危害百姓。尧便派羿在畴华杀死凿齿，在凶水杀掉九婴，在青丘泽射死巨鸟大风，向上射落了十个太阳中的九个，向下杀死猰貐，在洞庭湖斩断修蛇，在桑林活捉了封豨。老百姓都非常欢喜，一致拥戴尧为天子。

探寻“神奇”

找找看，中国神话故事中还有哪些像羿一样拯救人民于水火的英雄。

嫦娥奔月

——永恒的寂寞

多多：妈妈，你上次讲的羿是嫦娥的丈夫吗？

妈妈：好像是。

多多：为什么说好像是啊？

妈妈：我们可以慢慢讲来。

多多：好啊，我很喜欢嫦娥奔月的神话。

妈妈：是的，抛开具体情节，嫦娥奔月这一定格确实是中国神话中最美的。

上次我们说羿这一英雄形象跨越了好几个时代，起码有三个版本，但在所有的版本中，他都是神射手。帝喾的时候，他为民除害；尧的时候，他射九日；到了夏，他变成东方有穷氏的国君了，但是他用人不当，被自己的臣子给杀了。有人说这就是一个形象的不同变化，也有人说英雄羿和有穷氏的国君羿，完全是两个人。这真是一笔糊涂账啊。

他成为嫦娥的丈夫，也是很后来的事情。而嫦娥自己也是一笔糊涂账，有人说嫦娥可能是由帝喾的妻子——那个生了十二个月亮的常羲的形象转变而来的。所谓世事多变，神话就是在不断地讲述中变化着、丰富着。

我们来做个简单的排除法，帝喾的时代，只有常羲，没有嫦娥；

有穷氏的羿，只是一个普通的君主，没有那么厉害；那么嫦娥奔月中的羿，应该是那个射太阳的羿吧。

这个世界上所有的大英雄，不管他权力有多大、武艺有多高超、谋略有多高深，都有一大缺憾，这个缺憾就是不能长生不老。如果能成仙，那才完美。

羿也是这么想的，所以他就想去找西王母要不死之药，这是一般人不敢奢求的事情。找西王母要向着西北方向翻山越岭，去到人迹罕至的昆仑山。昆仑山高有万仞，方圆八百里。昆仑山的每一面都有九道门，每道门都有神兽把守。要渡过茫茫赤水，要爬上八方山岩，谈何容易。反正不说那么多了，当时世界上，只有一个人能够上山，那就是羿。羿就这么战胜了各种艰险，出现在西王母的面前。其实西王母也挺寂寞的，也蛮喜欢和人间的访客讲讲话、吹吹牛什么的。比如，神话中后来还有周穆王和汉武帝见过西王母。西王母非常欣赏羿，也早知他的来意，于是隆重地拿出了不死之药，对他说："不死之药，我这里也不多了，但是我很愿意赐给你——最伟大的英雄！如果是一个人吃了这药，这个人不仅可以长生不老，而且可以升天成仙；如果是两人分吃这个药，两个人都能长生不老。"羿欣喜若狂地拿过药，用最快的速度回到了自己家。

家里，有羿最爱的人，那就是嫦娥。嫦娥好美啊，她的眼睛，闪亮得就像时刻有月光在里面流淌；她的皮肤，皎洁得就像月光清洗出来的一般。羿的心愿很朴实——和美丽的妻子嫦娥分享这不死药，然后永远幸福地生活在人间。

可是嫦娥不这么想，她仰望天际，觉得自己应该不属于这污浊的人间。有一天，羿出门捕猎去了，他答应嫦娥，今天的晚餐一定会异常丰富。而嫦娥，一个人待在家里。她翻箱倒柜，找出不死药，颤抖着把药外面层层叠叠的包裹打开，那药就露出来了——像一轮满月般圆满。她迫不及待地将药往嘴里送，但突然间，羿那温柔的笑容、俊朗的身影，又出现在眼前。她犹豫了一下，但她想想那似乎在遥遥呼唤的神仙世界，终于咬下了第一口。这个时候，突然有“扑扑簌簌”的声音传来，把她吓了一跳。她出门一看，一阵清香扑鼻而来，原来是院子里的桂花飘落而下，再一看，那花瓣又好像是从天而降的。她定了定神，把药全部吃了下去。这个时候，所有的桂花都飘荡起来，嫦娥觉得自己的身体越来越轻、越来越轻……自己都不能控制自己了。于是她渐渐离开了地，随着漫天的花瓣，像一阵风、一片云般飘到了空中。

这个时候她听到了急切的呼唤声：“嫦娥！嫦娥！你要去哪里？你怎么忍心抛弃我？”原来是羿在下面追赶。但是慢慢地，羿的身影越来越小。

嫦娥感到很后悔，但是已经来不及了。越往上飘，她越觉得冷。去哪里呢？她原本是偷吃了不死之药才成仙的，她怕别的神仙会嘲笑她，那就飞得远一些、再远一些，到一个冷清一点的地方去。于是，她飞到了月亮里面。她一进入月亮，看到的就是一棵枝叶茂盛的桂花树，那桂花“扑扑簌簌”地落下，只是树边再也没有那个温暖的小家，和那个天天打猎回来深情望着她的丈夫了。这个时候，眼泪从嫦娥的脸庞滑落。嫦娥坐了下去，抱紧了自己的胳膊。突然，有一团小小的东西，在她身边跳跃着、跳跃着，很快就跳入了她的怀里。她低头一看，原来是一只玉兔。她轻轻地抚摸着玉兔，又轻轻地叹了一口气，而她的视线，一直望着下面，望着人间她的小家的方向……

多多：嫦娥奔月的画面好美，但是嫦娥抛弃羿是不对的。

妈妈：所以她一直很后悔啊，有句诗叫“嫦娥应悔偷灵药，碧海青天夜夜心”。羿很快就死了，不伤心了；而嫦娥呢，她长长久久地活着，长长久久地后悔着。

多多： 所以神仙也不是很幸福，还是人幸福。

妈妈： 你说得太对了。两个人好好地在人间，远远胜过一个人冷冷清清地在天上。

多多： 所以我希望我们一家永远都不分开，一直在一起。

妈妈： 是的，我们要珍惜在一起的时光。

神话原典

原文： 譬若羿请不死之药于西王母，姮娥窃以奔月。怅然有丧，无以续之。

——《淮南子·览冥训》

译文： 就像羿向西王母求得长生不老之药，姮娥偷吃后上了月宫。羿怅然若失，没有办法再得到不死之药了。

探寻“神奇”

你可以查一下中秋节有什么有趣的习俗。

唐尧治乱
——生不逢时？

妈妈： 上次妈妈说羿射日的时候，尧让他只射九个太阳，留下一个。

多多： 我知道。你说过“五帝”的一个版本：黄帝、颛顼、帝喾、尧、舜。尧是倒数第二个。

妈妈： 真棒。

多多： 应该尧才是最棒的吧，连羿都听他的呢。

妈妈： 没错，有的人自己没有射箭的才能，但他能指挥别人射箭，这种人也是很厉害的。

多多： 感觉这种人更厉害！

说到尧，又要说回帝喾了。我们说帝喾生了好多神奇的孩子，除了前面提到的别人家的孩子——契和弃，以及永不见面的两个娃——阏伯和实沈，据说他还娶了陈锋氏的女儿庆都，生下了放勋。放勋就是后来的尧。尧是他的谥号。谥号就是古代地位较高的人死后，人们给他们的称号，以言简意赅的方式对他们进行评价或者歌颂。尧一开始的封地在陶，后来在唐，所以又被称为陶唐氏。

尧和前面的黄帝、颛顼、帝喾相比，貌似没有那么光鲜亮丽、神奇威武了。他生活得非常简朴，吃的是糙米饭，喝的是野菜汤，穿的是麻衣，住的是草房。他为什么要这样呢？他说：“如果天下有一个人肚子饿了，那一定是我的原因；有一个人身上冷了，那一定是我的原因；有一个人犯了罪，那一定是我的原因。”

感觉他有点生不逢时，什么灾难都被他遇上了。

那个时候，旱灾是一定有的，否则怎么会让羿去射九个太阳呢？

那个时候，水灾是一定有的，否则他怎么一直在找人治理洪水？

确实，我们发现尧早年生活在黄河中下游地区，当时气候变暖，发生过大洪灾，那洪灾大到天地之间白茫茫一片，什么都分辨不清楚。尧只能率领他的人民往高的地方迁徙，一直迁徙到了山西。

那个时候，怪物是一定有的，我们看到羿帮助尧除去的就有猰貐、凿齿、九婴、大风、封豨、修蛇等。

那个时候，与尧进行争斗的部落一定是有的。据说尧打败了“四凶”。所谓“四凶”，就是共工、驩兜、三苗与鲧。尧把他们流放到偏僻的地方去了。现在看来，那一定是不同部落之间的一些混战。最终尧取得了胜利，稳定了天下。

那个时候，家庭的烦恼事一定是有的。据说尧的孩子是丹朱。丹朱生性顽劣，从来不听父亲的话，更不用说帮助父亲治理天下了。所以尧后来把帝位传给了他考察了很久的舜。如果真是这样，尧真是一个大公无私的人啊！

反正很多不好的事情都让他遇上了。

但尧还是很伟大的，他一生都勤俭节约、热爱人民，没有私心地任用贤良。这么一个危机四伏的年代，他竟然能带着人民安然度日，还打造了太平盛世，他自己也成为后世颂扬的帝王典范。

这到底是一个最糟的时代，还是一个最好的时代呀？

多多：尧很伟大，但是不够神奇。

妈妈：是的，随着时光的流逝，你会发现神话中的英雄或者圣贤的形象也渐渐发生了变化。

多多：发生了什么变化？

妈妈：他们慢慢地更像人，而不像神了。

多多：原来是这样啊。神话会不会渐渐没有了呀？

妈妈：确实，进入人的世界之后，神的世界就越来越远了。

神话原典

原文：帝喾娶陈锋氏女，生放勋；娶娵訾氏，生挚。帝喾崩，而挚代立。帝挚立，不善，而弟放勋立，是为帝尧。

——《史记·五帝本纪》

译文：帝喾娶了陈锋氏的女子，生下了放勋；娶了娵訾氏的女子，生下了挚。帝喾死了后，挚代替他成为君主。帝挚在位期间，做得很不好。所以他的弟弟放勋被立为帝，也就是帝尧。

探寻“神奇”

小朋友可以试着说说这句话的意思：“尧存心于天下……有一民饥，则曰此我饥之也；有一民寒，则曰此我寒之也；一民有罪，则曰此我陷之也。”（《说苑·君道》）

尧舜禅让
——拼的是人品

妈妈：既然神的世界远了，人的世界近了，那人有什么优点啊？

多多：人很聪明，人很勤劳。

妈妈：你说得很好。人不是靠超能力生活的，而是靠自己的勤奋生活的。我们讲完了尧，接着会讲谁呢？

多多：是舜吧？

妈妈：你怎么知道？

多多：因为尧舜、尧舜总是放在一起说的呀。

妈妈：没错！

舜，又称虞舜。传说他生下来就是重瞳子——每只眼睛里面有两个瞳仁。据说他出生之前，父亲瞽叟做过一个梦，梦见一只凤凰衔着一粒米来喂他，并对他说："我是来给你做子孙的。"后来他的儿子舜就生下来了。不过就算他做了这样神奇的梦，他也没有特别喜欢舜。舜生下来不久，他的母亲就死了。于是他的父亲又娶了一个妻子，生下了象和别的孩子。舜的后母经常打骂舜，但舜非常孝顺，总是静静地承受她的打骂，细心照顾家里的每一个人。所以二十岁的时候，他就以孝道闻名天下。

舜三十岁的时候，尧正在为继承者发愁，他自己的儿子丹朱完全不靠谱，凡事都和他对着干，绝对不能委以重任。所以尧准备探访贤者，就问四大臣："你们能推荐英才给我吗？"想不到所有的人一致说："当然是舜啦！"

尧很高兴，也很慎重，准备好好考察考察他。他就把两个女儿嫁给舜，让她们看看舜在家中到底是怎样的；又让九个儿子和舜一起生活，看他为人处世是怎样的。尧送给舜细葛布的衣服，为他修了谷仓，还给了他一群牛羊。

这样一来，舜的家人简直气得要发疯。他们想要占有舜的一切，所以密谋杀掉他，其中象是主谋。一天，象告诉舜："父亲叫你明天去修谷仓！""好！好！"舜连忙答应。第二天，舜来到谷仓，顺着梯子爬上去，认真干着活。突然他的梯子被抽掉了，而谷仓又燃起了熊熊大火。舜只能用两个斗笠护住身体，从谷仓上面跳下来逃走。

后来，舜的父亲来找舜，对他说："孩子，上次是我们不对，这次真的是请你帮忙淘井，你务必要来啊。”舜连忙说：“没关系的，我一定来！”舜卖力地帮家人挖井。不过他很聪明，在井的旁边挖了一个隐秘的、通往地面的孔道。果然，当井越挖越深，舜在井底的时候，瞽叟和象又开始干坏事了。他们把泥土倾倒下去，把井填平了，他们以为再也看不见他们的眼中钉、肉中刺了。没想到舜从旁边的孔道逃了出去。

瞽叟和象非常高兴，准备瓜分舜的财物。他们欢天喜地地进入舜的房间，没想到舜走了出来。象沮丧到了极点，嘴上却说：“我好想念你啊！”舜说：“这样就好啊！”

发生了这样的事情，舜仍旧不计前嫌，孝养父母，爱护弟弟妹妹，家人也被他感动了。

尧的女儿向他学习，很好地侍奉父母；尧的九个儿子向他学习，也更加友爱了。舜在历山耕种，历山的人向他学习，都能让出自己的田界；他在雷泽捕鱼，雷泽的人向他学习，都能让出自己的住所；他在黄河沿岸烧制陶器，黄河沿岸出产的陶器没有粗制滥造的。一年之后，他所住的地方成了村落，两年成了城邑，三年便成了都市。

经过长期的考察，尧知道舜是个品格高尚、勤劳能干的人，于是把天下让给了他。

多多：舜也太好了吧！生活中有这样的人吗？

妈妈：舜是把中国人认可的许多美德集于一身了。

多多：这样说我觉得合理一些。

妈妈：是啊，其实每个人身上都有优点，有的人有舜的那种友爱，有的人有舜的那种孝顺，有的人有舜的那种勤奋，有的人有舜的那种忍让……

多多：没错。

妈妈：那多多呢？

多多： 我也爱身边的每个人。

妈妈： 那太好了！

神话原典

原文： 舜年二十以孝闻。三十而帝尧问可用者，四岳咸荐虞舜，曰可。于是尧乃以二女妻舜以观其内，使九男与处以观其外。舜居妫汭，内行弥谨。尧二女不敢以贵骄事舜亲戚，甚有妇道。尧九男皆益笃。舜耕历山，历山之人皆让畔；渔雷泽，雷泽上人皆让居；陶河滨，河滨器皆不苦窳。一年而所居成聚，二年成邑，三年成都。

——《史记·五帝本纪》

译文： 舜二十岁有孝名。三十岁的时候，帝尧询问可用之材，四大臣都推荐虞舜，说他可以。于是尧把两个女儿嫁给他，观察他怎样治家；又让九个儿子与舜共处，观察他怎样为人处世。舜住在妫汭这个地方，居家行事非常谨慎。尧的两个女儿不敢因为身份高贵而骄傲，侍奉舜的亲人，能遵守为妇之道；尧的九个儿子也都更加友爱。舜在历山耕种，历山的人都能让出自己的田界；在雷泽捕鱼，雷泽的人都能让出自己的住所；在黄河沿岸制作陶器，黄河沿岸出产的陶器没有粗制滥造的。一年之后，他所住的地方成了村落，两年成了城邑，三年便成了都市。

探寻“神奇”

小朋友说说自己的优点吧。

娥皇女英
——最美的眼泪

妈妈：今天我们要说说舜的两个妻子娥皇、女英。

多多：我觉得她俩一定很美。

妈妈：是的，有一种说法说她俩是常羲和羲和的后续版本。

多多：那就是说，一个美得像太阳，一个美得像月亮了？

妈妈：多多，你太有想象力了！

尧的两个女儿娥皇和女英，是舜的妻子，也是舜的好帮手。

上次我们说到舜的家人迫害舜，舜都靠自己的聪明成功脱险，其实另外一个故事版本是娥皇、女英帮助他化解了灾难。这个版本是这样的：舜出门修谷仓之前，她们给了他一件绘有飞鸟的衣服。当谷仓着火后，舜张开手臂，就像大鸟一样从谷仓顶端飞走了。舜出门淘井之前，她们给了他一件绘有长龙的衣服。当家人往井里倒土时，舜就像潜龙一样，从井里逃脱了。这个版本更加神奇啦！

她俩嫁给舜的时候，还带来了一张五弦琴。舜很热爱音乐。他让乐师整理了帝喾时代的《九韶》《六英》《六列》等乐曲。舜静静地坐在那儿，听着音乐，旁边陪伴着娥皇和女英，她俩没有穿华丽的衣裙，却丰神秀姿、光彩照人。那音乐仿佛天上百鸟的鸣叫，所有听的人都仿佛置身于山林之中。突然间，出现了五彩光芒，原来是凤凰听到了这音乐，都飞过来环绕着他们飞翔。有的时候，舜还会自弹自唱："南风之薰兮，可以解吾民之愠兮；南风之时兮，可以阜吾民之财兮。"意思就是，南方吹来温和的风，可以清除人民的烦恼啊；南方吹来及时的风，可以带给人民财富啊。

这一幕幕场景真让人怦然心动啊！但是大多数时候舜都在兢兢业业地工作。他工作的时候，娥皇、女英也不闲着，一直帮助他。有什么事情，舜都会和她们商量。

后来，舜渐渐地老了，但还在为人们奔波着。他到南方各地去巡视。这一去，就再也没回来，死在了苍梧之野。娥皇和女英听说后，马上出发去寻找他。她们翻山越岭，一路上不断回想那些美好的往事，眼泪止不住地流淌。她们是如此伤心，从早上哭到晚上，从晚上哭到早上，根本不能停止。当她们的眼泪洒在南方的竹子上，那竹子上也有了斑斑点点的泪痕，就像是刻上去的一般。风吹过竹叶发出的声音，就像惆怅的叹息之声。后来人们便把那竹子称作湘妃竹。娥皇与女英来到湘水，水上掀起了风浪，船翻了，她们就沉入了水中。她们变成了湘水的神灵——湘妃。故事中，人们还经常会在洞庭或者潇湘看见这两位女神缥缈动人的身影。

娥皇、女英也是中国神话故事中最美、最惆怅的女神，不过她们曾经拥有过这么多美好，也足够了吧。

多多：妈妈，我知道林黛玉就是潇湘妃子。

妈妈：没错。林黛玉和湘妃像吗？

多多：很像。

妈妈：什么地方相像呢？

多多：她们都很美。而且林黛玉也像他们一样经常

哭，以泪偿债。

妈妈：你说得太对了，她们的眼泪，都是为最爱的人流淌的。

神话原典

原文：尧之二女，舜之二妃，曰湘夫人。帝崩，二妃啼，以泪挥竹，竹尽斑。

——《博物志·史补》

译文：尧的两个女儿，是舜的两个妃子，称为湘夫人。舜死了之后，两位妃子伤心哭泣，她们的眼泪洒在竹子上，竹子上都是斑点。

探寻“神奇”

小朋友也比较爱哭，说说你会因为什么事情哭呢。

鲧窃息壤

——英雄不死

妈妈： 多多，尧、舜后面是谁呀？

多多： 是治水的大禹吗？

妈妈： 不错。不过说到大禹，还得从他的父亲说起。

多多： 他的父亲是谁？

妈妈： 鲧。

多多： 鲧是不是很伟大啊？

妈妈： 鲧很伟大，但又是一个很凄凉的英雄。

我们知道，尧的时候天下就洪水泛滥，这种情况一直不见好转。眼看天下黄水汤汤，哀鸿遍野，有一个人实在是按捺不住了。他就是鲧。

他出身名门，是黄帝之后。据说黄帝生下了骆明，而骆明竟然生下了一匹很帅的白马，这匹白马就是鲧。看来鲧也是有一些神力的，原本可以好好过自己的小日子，但他偏偏要去解救天下的百姓。

于是他也如电影中的英雄一般，干了一件惊天动地的事情。他知道水来土掩的道理，但是他四顾茫茫：这么多的水，到哪里去找那么多的土啊？他站在水边，犹豫不决，其实他知道有一样东西能堵住水，那就是天帝的息壤。息壤很神奇，它可以不断生长。只要一点点，小土块会变成小山，小山会变成山脉，山脉会不断蔓延……于是鲧上演

了英雄拯救地球最精彩的情节——他利用自己的智慧，找到了天帝隐藏得很好的息壤。他将息壤扔到水中，那一小块土一触到水面，就像水的波纹一般慢慢荡漾开来，很快水里就出现了一座小岛。那小岛继续生长，慢慢地和水里的其他陆地“会师”，天下零零碎碎的土地都连缀起来，人们又可以自由地奔跑在广阔的陆地上了。

突然，一片“红云”出现在鲧的视线中。那是一种不祥的色彩，鲧摇摇头，叹了一口气，开始奔跑。他奔跑的时候，再现了白马的神彩，如电如光，而那“红云”却死死地追赶着他，一直追赶到羽山。羽山在北极之阴，是太阳都照不到的地方。鲧似乎跑不动了，也接受了自己的命运，平静地转过身来。在他面前，赫然站着火神祝融。祝融是天帝派来诛杀鲧的。祝融杀死了鲧，而那息壤，也被祝融收回了。鲧再也看不见那远方了，在那里，土地一寸一寸地缩小，那滔天的洪水又顺势而来。

鲧的尸体就那么静静地躺在羽山的郊野，仿佛还在期待着什么，仿佛还有什么事情尚未完成。说也奇怪，他的尸体并不腐烂，他的面容宛然若生。就这么过了三年，连天帝都感到不安了，于是派天神来查看。那天神带着一把雪亮的吴刀，把鲧的尸体剖开。突然，从鲧的身体里面跳出一条虬龙。虬龙直飞天穹，那就是禹。鲧用自己的生命，孕育了禹。而鲧呢，也化作黄龙，跃入了羽渊。原来这个时候，他的使命才完成呀！天帝也明白了鲧的决心，也知道水患实在太厉害，是该好好治一治了，于是委派鲧的儿子禹去治水。

后来的人们非常感谢鲧，就在羽山造了庙，经常祭祀他。据说祭祀的时候，有时会看见黑色的鱼和蛟龙腾跃而出。真是英雄虽死，精魂犹在啊！也可以说是英雄不死吧！

多多：那鲧到底死了没有？

妈妈：我认为他没有死。

多多： 那就好！

妈妈： 其实不死的最高境界，并非肉体永不消亡。

多多： 那是什么？

妈妈： 应该是精神永远流传。我们有一个词叫作“不朽”，就是这个意思。

多多： 我明白了。

神话原典

原文： 黄帝生骆明，骆明生白马，白马是为鲧。洪水滔天，鲧窃帝之息壤以堙洪水，不待帝命。帝令祝融杀鲧于羽郊。鲧复生禹，帝乃命禹卒布土以定九州。

——《山海经·海内经》

译文： 黄帝生了骆明，骆明生了白马，这白马就是鲧。洪水滔天，鲧没有得到天帝的允许，就盗窃了天帝的息壤来堙塞洪水。天帝发怒了，便命火神祝融在羽山的郊野上杀死鲧。鲧的身体里生出了禹，天帝于是命令禹整治疆土，以平定九州。

探寻“神奇”

试着查一查中国古人所说的“三不朽”是什么意思。

大禹治水
——当长歌一曲

多多：我知道妈妈今天要讲什么了。

妈妈：讲什么呀？

多多：一定是大禹治水。他的爸爸鲧虽然是个英雄，但他没有完成这个工作。

妈妈：是的。像治水这样的大工程，一定是代代相继的。

多多：其实当时可能是很多人参加了治水，不只是大禹。

妈妈：对，大禹身上展现的是集体的功业。

我们在前面讲过水神共工，可能是由于上古遭遇过多次大的水患，也可能是共工这一族一直在争取自己的地盘。所以，大禹要治水，共工就跳出来了。这一仗看来是非打不可了。大禹就召集了众神仙，在会稽山这个地方会合。会稽山在现在的绍兴，绍兴现在有个景点叫大禹陵，据说是后来埋葬大禹的地方。

其实所谓的众神仙，就是各地来帮忙的方国领袖，其中包括我们讲过的商的始祖契。既然大家是来帮忙的，就有热心的，也有敷衍的。好不容易到了约定的时间，其他人都到了，防风氏却迟迟未到。禹非常生气，他决定提振士气，于是等防风氏一到，他就喝令将防风氏斩杀。其他方国从此之后自然就齐心协力、心无旁骛地帮他治水了。话说防风氏也不是平凡之辈，据说他的一节骨头在春秋的时候被发掘出来，需要一辆车才装得下！

有了一支整齐的队伍，大禹很快就打败了共工。他一直在反思父亲鲧的失败，父亲治水用的是“堵”的办法，他认为这个办法不够好，决定用“疏”的办法。于是人类历史上最大的工程开始了，人要以自己的力量，改变整个山川大地的面貌！禹的部队浩浩汤汤，走遍天下；那洪水也浩浩汤汤，危害人间。在禹的前面，有一条黄龙开路。它用尾巴划地，禹就沿着黄龙尾巴划过的地方开凿河道；在禹的后面，黑色的乌龟背负青泥跟着，那是被削平了的高山的泥土。

当禹带人凿山凿到龙门这个地方时，看到龙门山连着吕梁山，挡住了河道的去路。他打着火把，进入深数十里的山洞。那里面黑魆魆的，却出现了一头像猪的怪兽。怪兽衔着一颗夜明珠，就像是幽幽的烛火。又有一只青犬，在那边叫着引路。他们走了很久，眼前终于明亮起来。而那猪和犬也都变成人的模样，穿着黑色的衣服。接着，禹见到了一个蛇身人首的神。神向禹展示了八卦之图。哇！我们竟然又遇见了他——伏羲！连伏羲都出来帮助大禹了！伏羲送了大禹一卷玉简，那玉简很好地帮助大禹继续平定水患。

有人帮忙，也有人捣乱。一路上，禹遇见了各种各样的妖怪。他三次来到桐柏山这个地方，每次一到那里，就会雷电交加，石啸树鸣，天地之间一派混乱、恐怖的情形，工程根本无法开展。禹非常生气，唤来了夔龙，准备斩妖除魔。他的眼神很锐利，一下子就看出一些方国领袖有问题，他把鸿蒙氏、商章氏、兜卢氏抓起来了，调查出这一切都是由藏在涡水和淮水之间的水怪无支祁造成的。那水怪长得像猿猴，短鼻子，高额头，青色的身体，白色的脑袋，金色的眼睛，雪白的牙齿，脖子一伸有百尺长，力量非常大。你一定会窃笑，这是什么

奇奇怪怪的组合呀！然而就这么一个水怪，还很难制服。于是禹派出童律去打，打不过；派乌木由去打，打不过；派庚辰去打，终于制服了无支祁。这么一来，无支祁手下的乌合之众，什么鸱脾啊、桓胡啊、木魅啊、水灵啊、山妖啊、石怪啊，都被一一击破。这些小妖小怪，感觉很像《西游记》中那些稀奇古怪的妖精。这么一来，淮水就被引入了大海。

禹就这么辛劳地治着水，一直都不考虑个人问题。到了三十岁的时候，他走到了涂山这个地方，突然有一只九条尾巴的狐狸出现在他的眼前。禹马上想起了一首民谣："九尾白狐啊九尾白狐，来的人会成为国王；九尾白狐啊九尾白狐，来的人会成就婚姻。"于是禹打算娶涂山氏的女儿。但是他太繁忙了，还没来得及举行婚礼，又去南方视察治水工程了。涂山氏之女就唱了一首动人的歌，只有四个字："候人兮猗！"这首歌成了南方音乐的开端。他们结婚以后，大禹经常过家门而不入，而涂山氏之女却始终等待着他、深爱着他。

就这样，一个浩大的工程结束了，大禹终于治好了水患。他治水的整个过程是如此可歌可泣，我们一定要用一首磅礴的长歌才能表达出赞美之情。

多多： 北方音乐之始和南方音乐之始，我都知道了。

妈妈： 对，北方音乐之始是"燕燕于飞"，南方音乐之始是"候人兮猗"。

多多： 都是简单的四个字。

妈妈： 对，刚开始的诗歌都是这么简单的。但是不管简单还是复杂，诗歌有一个特点是永恒不变的。

多多： 是什么？

妈妈： 抒发情感！

神话原典

原文：禹有功，抑下鸿，辟除民害逐共工。

——《荀子·成相》

译文：大禹有大功劳，他抑制住了下界的洪水，为民除害，赶走了共工。

原文：禹行功，见涂山之女。禹未之遇而巡省南土。涂山氏之女乃令其妾候禹于涂山之阳。女乃作歌，歌曰："候人兮猗！"实始作为南音。

——《吕氏春秋·音初》

译文：禹在治水过程中，遇到涂山氏之女。禹没有来得及与她举行婚礼，就到南方视察去了。涂山氏之女就叫她的侍女在涂山南面迎候禹。她自己作了一首歌，歌中唱道："等候你啊！"这是最早的南方音乐。

探寻"神奇"

中国最早的诗歌总集叫作《诗经》，小朋友可以查阅资料了解一下。

启承禹位

——公天下到私天下

妈妈： 之前我们说尧、舜禅位，是由贤良的人来继承天下。而到了大禹，这种情况就改变了。

多多： 变成怎样的呢?

妈妈： 大禹的儿子启直接继承了他的位置，子承父位。

多多： 传给自己家里的人呀?

妈妈： 是啊，这样一来，“公天下”就变成“私天下”了。

启是大禹的孩子，他的出生很神奇。他的妈妈，也就是我们前面说的涂山氏之女。她曾跟着禹去治水。到了轩辕山山脚，只见一座大山赫然挡住了去路，所有的人仰头一看，都不由自主地向后退。大禹嘱咐涂山氏之女：“你暂且离去，听到鼓声再来送饭给我。”涂山氏之女答应了。随后，大禹化作一头巨大的黑熊，拼尽全力开始凿山，想要打开通道。他工作得太入神了，没想到带起一块石头打在鼓上，发出声音。涂山氏之女一听，马上很体贴地来送饭。可是在她的眼前，没有大禹，只有一个毛茸茸的巨大背影。她“啊——”地叫了一声，那背影转过来，是一只庞大的黑熊。她吓得拔腿就跑。大禹在后面一边追一边着急地喊："是我，是我！你快回来！"涂山氏之女慌不择路，一直来到嵩高山下，再也跑不动了，竟然化为石头。大禹很伤心，大喊道："你把儿子还给我！"这个时候，石头的北面裂开了，露出了一个孩子，那就是启。

启不仅出生神奇，而且长得也很神异。他耳朵上挂着两条青蛇，出行的时候总是驾着两条龙，上天入地，好不威风。他曾经三次去天上，把天上的音乐《九辩》和《九歌》偷来，然后改编成《九招》，很潇洒地在蓝天下、高原上放声歌唱、奏乐纵酒，那声音好响好吵，连天上的神仙都能听见。启就是这么一个终日游乐的贵公子。

大禹要寻找继承人了，他想来想去，觉得启并不合适。他心中一直有个很好的人选，那就是伯益。伯益也很神奇，能听懂鸟语，曾经在舜手下管理草木鸟兽；他还发明了打井的方法。大禹很欣赏他，就想把位置传给他。这本来也很正常，尧、舜、禹三代，都是这么过来的。所以，伯益就做了国君。

大禹死后，启没了约束，趁父亲刚刚去世，和伯益干戈相见。伯益是个比较贤良的人，不想和启闹翻，就主动从都城撤离了。启却捏造出一系列罪名安在伯益头上，把伯益杀了，自己做了国君。

这么一来，中国历史上第一个朝代夏朝就建立了，而原本的"天下为公"也就变成"天下为家"。中国历史上的"上古三代"——夏、商、周也就拉开了序幕。

多多：我知道夏、商、周，还有什么春秋、战国之类的。

妈妈：是啊，讲完夏、商、周，神话就渐渐少了，要用另外的叙述方式了。

多多：什么叙述方式？

妈妈：不是讲神话，而是讲历史了。

多多：就像一个人慢慢长大了，对吗？

妈妈：很对，一个人慢慢长大了，童年的想象离他也就越来越远了。

神话原典

原文：西南海之外，赤水之南，流沙之西，有人珥两青蛇，乘两龙，名曰夏后开。开上三嫔于天，得《九辩》与《九歌》以下。此天穆之野，高二千仞，开焉得始歌《九招》。

——《山海经·大荒西经》

译文：西南海海外，赤水的南边，流沙的西边，有一个人，耳朵上挂着两条青蛇，驾着两条龙，名叫夏后开。夏后开三次上天去做客，得到天上的音乐《九辩》和《九歌》，下到凡间。在这高达两千仞的天穆野，夏后开把天上的音乐改造成《九招》，在这里开始演奏歌唱。

探寻“神奇”

小朋友可以学着查看中国历史年表，查一下公元前 770 年中国发生了什么事情。

夏桀亡国

——众恶归之

妈妈：每一个朝代，都有开国的英明君主，都有亡国的昏庸君主。

多多：好像是的。

妈妈：我们说到夏，其实大禹算是夏的开端，接下来就有点每况愈下；而夏桀呢，则是夏的结束。

多多：夏桀是不是很坏啊？

妈妈：是的，而且一般亡了国的君主，大家一定都会数落他不好的地方，会众恶归之，越描越黑。

多多：我感觉到了，如果是好的，就像帝喾那样的，就会把所有的好事都集中在他身上。

妈妈：你说得太好了。

据说夏启死了之后，天下就乱套了。他有五个儿子。为了争夺王位，五个儿子打个不停，最后太康得到了天下。

太康真不愧是夏启的儿子，他完全继承了父亲放纵享乐那一套，弄得民怨沸腾，结果被东夷族的有穷氏首领后羿乘虚而入，夺取了政权。

后羿？！没错，就是那个与射日的大英雄羿经常被混为一谈的人。

后羿称王之后，也不思进取，终日田猎游戏。他还亲信小人寒浞。后来寒浞勾结后羿的妻子纯狐，杀死了后羿。

寒浞比后羿有过之而无不及，引起了天下人的不满。

太康有个弟弟叫仲康，仲康的孙子少康终于在人民的拥护下复了国，一度中兴。

到了孔甲这一代，他又开始不理朝务、终日游乐。

而到了桀这一代，夏朝就已经没救了。桀其实并非懦弱无能之辈，相反他力大无比，据说可以直接把牛角分开，把铁钩拉直，把生铁扭成绞索，把金属合拢，能推动很重的青铜器。据说他还能在陆地上捕熊，在水里杀巨鳖和鳄鱼。看到他，我们不由得联想到当年化作巨熊的大禹。然而他的这些力气并没有用到治理国家上面，而是用在了享乐上。

他爱喝酒，爱美女，爱美食。

他在宫里面造了一个巨大的池子，里面装满了酒，人们可以一边划船一边舀酒喝。这座酒池一次可以容纳三千人在里面喝酒。喝着喝着，一些人眼前就模糊起来了，甚至会一头栽倒在池子里淹死。其他人也不在意，继续哈哈笑着喝酒。有一些很有正义感的臣子不满这样的做法，关龙逢就是其中一个，他站出来劝谏。夏桀觉得很败兴，就把他给杀了。

他在民间找了好多美女养在后宫，还找了很多侏儒、演员，天天在宫里奏乐歌唱，表演滑稽戏。他最宠爱一个叫妹喜的妃子。妹喜有一种怪癖，她喜欢听缯裂开来的声音。缯就是丝织品，是很珍贵的。但是为了博得妹喜一笑，他就让人不断撕裂缯，持续发出妹喜喜欢的声音。这真是巨大的浪费呀。

他还是个吃货。当时有个很有才华的、叫伊尹的人去投奔他。伊尹是个治理国家的栋梁之材，但总是得不到重用，相反他的另外一门小技，走到哪里都备受欢迎，那就是烹饪。伊尹做得一手好菜，夏桀

就把他派到御膳房上班，每天期待着饭点，期待着吃到伊尹的菜。一见到伊尹，他就眉开眼笑。

然而伊尹是很有责任感的，他觉得国家不能再这么下去了，所以举起酒杯苦苦劝谏："君王啊，如果您不听我的劝谏，国家很快就要灭亡啦！"夏桀不以为意，道："呵呵，我拥有天下，就好像太阳在天空中一样。你们觉得太阳会灭亡吗？太阳灭亡了，我才会灭亡呢！"他不知道，民众听到这句话之后，都纷纷指着太阳说："你这个太阳，为什么不死？我愿意和你同归于尽！"

伊尹知道夏桀没救了，只好去投奔成汤。而夏桀听说伊尹走了，一点危机感也没有，只是为自己吃不到那么好吃的东西而惆怅。

没过多久，夏桀就被成汤打败了。夏朝结束，商朝开始了。

多多：感觉夏桀的故事和后面的商纣王很像啊。

妈妈：你说得太对了。有一种说法认为，夏桀的时代离我们很远，其实流传下来的事情很少；而商纣的时代距我们较近，流传下来的事情就很多。所以桀、纣并称，桀的很多故事其实是附会而来的。

多多：就像妈妈刚开始说的，因为他亡了国，所以大家就把所有的坏都集中在他身上了。

妈妈：没错。

多多：但是，热爱美食的人也是坏人吗？吓得我都不敢做吃货了。

妈妈：其实吃是人的正当欲望，但凡事都不能过度，不能放纵欲望，你说对吗？

多多：对！

神话原典

原文： 桀之力，别觡伸钩，索铁歙金，椎移大牺，水杀鼋鼍，陆捕熊罴。然汤革车三百乘，困之鸣条，擒之焦门。

——《淮南子·主术训》

译文： 夏桀的勇力，可以分解牛角，拉直铁钩，把生铁扭成绞索，把金属合拢起来，推移大的牺尊，在水中杀死鼋鼍，在陆地上捕捉熊罴。然而商汤用三百辆兵车，把夏桀围困在鸣条，将其在焦门活捉。

探寻“神奇”

考古学家认为二里头文化就是夏文化，小朋友可以查一下二里头文化的一些考古发现。

洛水宓妃

——请忽略后羿

妈妈：前面说到太康被后羿打败了。

多多：是的，这个后羿不是前面那个射日的大英雄。

妈妈：很不错。不过我们今天讲述的重心不是他。

多多：那是谁?

妈妈：是河伯的妻子宓妃。她和后羿有过一段恋情。

多多：宓妃很漂亮吗?

妈妈：当然漂亮，宓妃是文学史中最动人的女神之一，引起了后人的无限遐想。

宓妃是洛水的女神。据说她是伏羲的女儿，在洛水游玩时被淹死了，后来就成了洛水的女神。她又是河伯的妻子。河伯就是黄河的水神，他经常化身为一条白龙，在水边嬉戏、闲逛。他对洛神很不珍惜，只管自己游玩。

洛神孤孤单单行走在天地之间。她想起自己的命运，无限叹惋。一次偶然的机会，她看见了一个青年。青年长得非常俊朗，身姿挺拔，身上背着一个巨大的彤弓。而那青年也看见了她。

她无论站在哪里，所有的人都会为之心醉。用世界上所有的言语、用世界上最美好的事物形容她，都觉得不够。所以对于她的描述，只

能等待世界上最有才华的诗人来进行了。后来有一个才高八斗的诗人叫曹植，他写了一篇《洛神赋》。在《洛神赋》中，我们终于找到了最合适的文字。

那女子翩然若惊飞的鸿雁，婉约若游动的蛟龙。她神采照人，闪烁如太阳下的菊花；她风华绝代，华茂如春风中的青松。她时隐时现，像轻云遮蔽皎洁的月亮；她飘飘荡荡，像风中旋起如雾的回雪。远远望去，她灿烂如朝霞中升起的旭日；走近再看，她明丽如绿波间开放的荷花。她体态适中，高矮合度，肩窄如削，腰细如束。她伸颈时露出白皙的皮肤。既不施脂，也不敷粉，原来是她的本色啊。她的发髻高耸入云，长眉弯曲美好，丹唇与皓齿闪着光芒。她有一双善于顾盼的眼睛，还有两个甜甜的酒窝。她身披明丽的罗衣，戴着精美的佩玉和金银翡翠的头饰，缀以周身闪亮的明珠。她脚穿饰有花纹的远游鞋，拖着薄雾般的裙裾，隐隐散发出幽兰的清香，在山边徘徊、倘佯。忽然她又飘然轻举，且行且戏，左面倚着彩旄，右面有桂旗荫庇，在河滩上伸出素手，采撷水流边的黑色芝草。

可能每个人都会像后羿和曹植一样，呆呆傻傻地看着她，情不自禁地追随她。当然，后羿还算幸运，洛神在无边的孤寂之中遇见了他。二人一见钟情，坠入爱河。

河伯当然不高兴了，就来找事。后羿是个神射手，而且知道那条骄傲的白龙就是河伯，于是毫不犹豫张弓搭箭。一箭过去，河伯惨叫一声，他的一只眼睛被射瞎了。

河伯不敢再与后羿正面交锋，就去天帝那里告状。天帝问他："你为什么被射了？"河伯说："我有的时候变成白龙出游。"天帝说："那就是你的问题了，你好端端地干自己该干的事情就是了。你变成了龙，谁知道你啊，所有的人都可以来射你啊。"河伯就灰溜溜地走了。

但后羿和洛神的爱情也不长久。可能后羿对政治更加醉心，也可能是后羿不喜欢一直待在自然之中，待在清冷的水里。总之他和洛神分手了，后来他被自己的学生害死了。

而洛水之神宓妃，继续生活在山水之中，成为山水之中最美的意象，也成为文学作品中最美的意象。所以在洛神的生命中，其他人都是浮云，都是过客，她就是她自己——遗世独立的最美女神洛水宓妃。

多多：妈妈，好美呀！

妈妈：是啊。你最喜欢怎样的洛神呢？

多多：我最喜欢她像大雁、像游龙、像轻云、像回雪、像朝阳、像荷花。

妈妈：曹植的原句更美。

多多：原句是什么？

妈妈：原句是“翩若惊鸿，婉若游龙”“仿佛兮若轻云之蔽月，飘飖兮若流风之回雪”“远而望之，皎若太阳升朝霞；迫而察之，灼若芙蕖出渌波”。

多多：哇，更美了！我都要醉了。

妈妈：我也是。

神话原典

原文：帝降夷羿，革孽夏民，胡射夫河伯，而妻彼雒嫔？

——《楚辞·天问》

译文：天帝让后羿降临，变革夏政，祸害夏民。他为什么射河伯，还把他的妻子洛神霸占？

探寻“神奇”

小朋友可以找来三国时期曹植写的《洛神赋》、东晋画家顾恺之画的《洛神赋图》欣赏一下。

成汤建商
——网开三面

多多：成汤打败了夏桀，他一定是个很优秀的君主吧？

妈妈：是的，你怎么知道？

多多：感觉一般开国的君主都是很英明、很有作为的，亡国的君主当然是很不好的。

妈妈：你说得很对，好像是这样的呢。你学会总结了。

多多：我喜欢一边听，一边总结。

妈妈：很不错，这是学习的好方法，正所谓“学而不思则罔，思而不学则殆”。

多多：什么意思啊？

妈妈：意思是，只思考不学习，就会很迷茫；只学习不思考，就会很危险。

商朝的开国之主成汤，长得还是很帅的。他皮肤白皙，身材较高。他脸颊两旁留着美髯——很漂亮的胡须。他虽然很高，但总是躬着身体，很亲切的样子；他说话的时候，声音清楚而响亮。

夏桀干了太多的坏事，怨声载道。凡是去劝谏他的，都被他关起来或者杀掉了。汤既不满意夏桀的做法，又很同情这些劝谏者，就派人去哭吊他们。夏桀知道是汤干的，非常生气，就把汤给抓了起来，关在夏台这个地方。后来汤王国派人带来好多钱财，夏桀才把汤给放了。

而成汤和夏桀完全不一样，他根本不会随意残害自己的百姓，连对鸟兽都富有爱心。有一次他出去打猎，看见有人正在四处设网，想要把东、南、西、北四个方向的飞鸟全部抓住，而且嘴里念念有词："天上掉下来的，地上出来的，从四面八方来的，都进入我的网吧！"汤连忙上前劝阻："不行啊，真这样的话，禽兽就被杀光了。你这样简直就和夏桀一样了。"汤把三面的网都收了，只留下一面，重新教他一套祝词："当初蜘蛛织网，现在的人模仿它们。想要去左边的就去左边，想要去右边的就去右边；想要高飞的就高飞，想要下来的就下来。我只要那些触犯天命的。"其他方国首领听说了这件事情，不承想成汤之德竟然恩及禽兽，都心服口服。一下就有四十个方国归顺了成汤。

不仅仅是诸侯，后来伊尹也归顺了汤。他可是一个辅国之才啊。伊尹的出生也很神奇，据说他的母亲是东方有莘一族的，住在伊水边。她有了身孕。有一天她做了一个梦，梦见一个神嘱咐她："如果你舂米舂出了水就往东走，千万不要回头看。"第二天，她舂米果然舂出了水，她连忙告诉邻居，让大家跟着她一起往东走。她走啊走啊，既好奇又不舍，于是回了一下头，只见后面大水漫漫，早已淹没家园。她一下子就变成了一棵空心的桑树。后来一个采桑女发现桑树里有一个孩子，就把这个孩子献给了有莘国的国王。国王让御膳房的人抚养他。这就是伊尹。他之所以烧得一手好菜，也是因为他是在御膳房长大的呀！他一开始投奔的是成汤，可是成汤一直把他当作一个厨师，不重用他，他只好又去投奔夏桀。但是他很快发现夏桀是个暴君。这个时候夏桀的妃子妹喜年老色衰，夏桀又喜欢上别的妃子了。妹喜很生气，就把夏朝的一些秘密一五一十地告诉了伊尹。伊尹就带着这些秘密回归成汤，为成汤打败夏桀立下大功。

成汤亲自率领军队，拿着钺去讨伐夏桀。钺是一种大斧头，也是君王权力的象征。而天下的诸侯都支持成汤，与他一起讨伐夏桀，连

火神祝融氏都来帮忙，最后在夏的都城西北角放了一把火。成汤就从着火的地方进攻，没多久就攻克了夏的都城。夏桀出逃后不久就抑郁而亡了。而成汤呢，就建立了一个崭新的王朝——商朝。

多多：我怎么听说一个成语叫作“网开一面”，它们一样吗？

妈妈：这个成语就是从“网开三面”来的。“网开三面”指的是去掉三面的网，而“网开一面”指的是留下一面网。这就像数学题的不同做法，答案是一样的。

多多：哦，原来是这样啊。那么“开”字的解释就是不一样的了。

妈妈：你很细心，说得很对。这两个词都是比喻法令宽大、施行仁政，当然后来也用于乞求别人的宽恕。

多多：我不喜欢后面那种意思。

妈妈：我也不喜欢。

神话原典

原文：汤出，见野张网四面，祝曰：“从天堕者，从地出者，从四方来者，皆入吾网。”汤曰：“嘻！尽之矣。非桀，其孰为此也？”汤收其三面，置其一面，更教祝曰：“昔蛛蝥作网罟，今之人学纾。欲左者左，欲右者右，欲高者高，欲下者下，吾取其犯命者。”

——《吕氏春秋·孟冬纪》

译文：商汤在郊外看见有个猎人四面设网，并祷告说：“从天上坠落的，从地上生出的，从四方来的，让它们都坠落到我的网上。”汤说：“嘻！真这样的话，禽兽就被杀光了。除了桀那样的暴君，谁还会做这种事呢？”汤收起三面的网，只在一面设网，重新教那人祷告说：“从前蜘蛛织网，现在的人也学着织网。禽兽想向左去的就向左去，想向右去的就向右去，想向高处去的就向高处去，想向低处去的就向低处去，我只捕取那些触犯天命的。”

原文：汤乃兴师，率诸侯，伊尹从汤，汤自把钺以伐昆吾，遂伐桀。

——《史记·殷本纪》

译文：汤于是出兵，带领众多方国，伊尹也跟随着他。汤亲自拿着钺，讨伐昆吾国，于是战胜夏桀。

探寻“神奇”

你可以学习一下如何查成语词典，查查“网开三面”的意思。

刑天舞干戚
——猛志固常在

妈妈： 今天要讲一个让人热血沸腾的神话故事。

多多： 妈妈，感觉你最近讲的都是历史，有点不像神话了。

妈妈： 所以啊，今天我很激动，因为这个故事有点回归的感觉。而且无论是谁，读到这个故事，都会热血沸腾的。

多多： 是吗？我想听！

我们要讲述的英雄叫作刑天，这个名字非常奇特，让人浮想联翩。而确定他生活的年代，也是一件费神的事情。有人认为刑天属于炎帝的属臣，这么一来，我们马上就会联想到之前的蚩尤氏和共工，甚至还有夸父。

据说刑天和帝争夺神位，双方一番鏖战，打得日月无光、山河失色。他们的军队卷起了漫天的烟雾，而那烟雾就像龙卷风一般，一路向西北而去。烟雾散尽，竟然不见了刑天和帝二人，只听见西北方有骇人的兵戈相撞的声音。看来这次刑天与帝一定要一决高下了。

他们的速度太快，早就超越了自己的军队，一直来到了奇肱之国。

这个国家很偏远，民众也长得奇形怪状。他们只有一只手臂，却有三只眼睛。眼睛有阴有阳，阴在上，阳在下，很奇特。他们骑着白色身体、红色颈部的马。听说有战争，他们都赶来观战。有一种有两个脑袋、红黄色身子的鸟，也飞了过来。但是当看到刑天和帝的战斗时，他们三只眼睛都看傻了，而那马也踟蹰不前，那鸟的两个脑袋都不知道要往哪个方向转动了。

但是只听一声巨响，所有的人啊鸟啊都发出惊叫声。刑天仿佛体力不支了，帝一刀下去，刑天那颗圆圆的脑袋，竟然被愣生生地砍下。天帝很快拾起刑天的脑袋，让人把它埋得越深越好，一直埋到了常羊山的深处。常羊山，据说就是神农出生的地方。这个地方，也算是英雄的归宿。

正当人们叹息的时候，地上那刑天的身体，竟然摸索着慢慢地站了起来。他捡起了地上的盾牌和斧头，在空中挥舞。他的乳头化作了眼睛，肚脐化作了口，还想着要找帝复仇。

虽然他失败了，但是人们打心眼里佩服这种不屈不挠的战斗精神。所以后来著名的大诗人陶渊明写过《读山海经》一诗，里面有两句是“刑天舞干戚，猛志固常在”。对了，上古有一种舞蹈就叫干戚舞，舞者一手拿着红色盾牌，一手拿着斧头跳舞。这是一种武舞。刑天最后挥舞干戚的那一幕，感觉就像在跳武舞一样。他是一个真正的武神啊！

多多：刑天以乳为目、以脐为口的形象真好玩。

妈妈：是啊，这个形象真是令人印象深刻啊。

多多：其他英雄死了就死了，刑天死了还要继续战斗。

妈妈：你总结得太好了！我觉得他比之前的蚩尤、共工、夸父都更加顽强。

多多：而且更有画面感。

妈妈：对，鲁迅先生称之为“金刚怒目式”的英雄。

多多：我想画一画。

妈妈：好啊。

神话原典

原文：奇肱之国在其北。其人一臂三目，有阴有阳，乘文马，有鸟焉，两头，赤黄色，在其旁。邢天与帝至此争神，帝断其首，葬之常羊之山。乃以乳为目，以脐为口，操干戚以舞。

——《山海经·海外西经》

译文：奇肱国在它（一臂国）的北面。这里的人都是一只胳膊、三只眼睛，眼睛有阴有阳。他们骑文马（也就是白身子、红鬃毛，眼睛像黄金的吉良马）。这里还有一种鸟，长着两个脑袋，身子是红黄色的，栖息在人们旁边。刑天和帝争夺神位，帝砍掉了他的脑袋，把他的头葬在常羊山中。这断头的刑天，便拿他的乳头来当眼睛，拿肚脐来当嘴巴，一手握着一面盾，一手拿着一把板斧，挥舞不息，继续和敌人战斗。

探寻“神奇”

小朋友能画一个刑天吗？

文王幽囚

——隐忍者成大事

多多： 接下来神话故事应该很多了。

妈妈： 为什么？

多多： 我听说过一本书叫作《封神演义》。

妈妈： 很棒，《封神演义》讲的就是商、周时的故事。不过关于这本书，还有一件好玩的事情。

多多： 什么事情？

妈妈： 据说写这本书的人很穷，写这本书是为了给女儿筹钱置办嫁妆。

多多： 哦，这样也行啊。我以后也要为自己的孩子写本神话。

妈妈： 好，说定了。

商朝的纣王是个暴君，他长得还不错。人很聪明，又勇武有力，能够徒手和野兽搏斗。但是他把才力、精力都花在了吃喝玩乐、花天酒地的生活上。

他花七年修的鹿台，高达千尺；他造了酒池肉林，让男男女女裸着身体，在里面吃喝享乐。他非常宠爱一名叫妲己的女子，凡是她说的话无不言听计从。他还霸占了大臣九侯的女儿，九侯的女儿很端庄，不喜欢纣王的习气，纣王就把她给杀了。他还把九侯剁成肉酱，鄂侯争辩几句，就被做成了肉干。

纣王对待臣下和民众，都非常残暴。他创造了炮烙之刑，下面生着火，上面放着铜柱子。他让犯人光着脚走在铜柱上，犯人往往被烫得从柱子上跌落下去，掉进火里被活活烧死，他就和妲己在旁边大笑。他的大臣比干劝谏他，他却说："我听说圣人的心有七个孔窍，我要看一看。"于是他把比干杀了，剖出他的心来看个究竟。

而周呢，原来是商朝的属邦，一直在山西那边和戎狄打仗，还连连获胜，后来迁居到了现在的陕西岐山、扶风一带。文王即位之后，始终恭恭敬敬地向商纣上贡，纣王就赐给他一个"西伯"的称号。

后来，文王的实力越来越强大。崇侯虎就向纣王进谗言："西伯行善积德，周围的方国都屈服于他，和他关系密切，他可能会对您不利呢！"纣王就把文王抓起来，关押在羑里这个地方。文王在羑里也没有虚度光阴，据说他把占卜吉凶、总结自然与社会规律的八卦，推演成了六十四卦。

文王的四个好朋友来看他，文王没有说话。他把自己的右眼恨恨地睁得很大很大，意思是纣王是个好色之徒；他用弓把敲打自己的肚子，意思是纣王想要得到宝物；他小步快走，意思是要迅速一些，否则恐怕自己性命难保。他的朋友看了就明白了，马上回去了。

他们找到了莘国的美女，长得很奇特、骑了可活到一千岁的文马，五色斑斓、日行千里、长得像老虎的驺虞（一种上古神兽），还有各种各样、奇奇怪怪的宝物。他们把美女、宝物全部献给了纣王。

纣王见到了，喜不自胜，说："哎呀，够啦够啦，只要有一样就够把西伯放啦！"他就准备放了文王。

文王的长子伯邑考一直在纣王那边当人质。为了报复西伯侯，纣王杀了伯邑考，把他的肉做成羹。纣王说："如果西伯是圣人，他一定不会吃用自己儿子的肉做的羹。"文王把羹吃了。纣王哈哈笑道："谁

说西伯是圣人，他吃掉了用自己儿子的肉做成的羹，还不知道呢！”

文王被纣王放出来之后，一路逃出羑里，逃出去十来里路后就觉得很难受，非常想吐。于是他跳下了马，吐出了一堆肉，这些肉都变成了赤红色的兔子。看到这些红色的兔子，他放声大哭。他把这些红色的兔子用土掩埋了，发誓要报仇。回到周的国都岐下后，文王便发兵首先灭了崇侯虎的国家。

文王养精蓄锐，而诸侯讨厌商纣的暴虐，佩服文王的盛德，都来和他结盟。大战之前，文王已经“三分天下有其二”了，也就是说文王已经占有天下的三分之二了。一场大战即将开打，而商纣呢，竟然还在那里花天酒地、胡吃海塞呢！

多多：纣王太残暴了。

妈妈：是啊，古代把残暴的皇帝称为暴君，天下都可以讨伐他。

多多：那文王有没有成功啊？

妈妈：最后的胜利是周文王的儿子周武王获得的，但是之前周文王已经做好了充分的准备。

多多：最后的胜利需要那么长时间做准备呀？

妈妈：是呀。

多多：那我好好学习，准备考试去了啊！

妈妈：好啊！

神话原典

原文： 纣既囚文王，文王长子曰伯邑考，质于殷，为纣御。纣烹以为羹，赐文王，曰：“圣人当不食其子羹。”文王得而食之。纣曰：“谁谓西伯圣者，食其子羹，尚不知也。”

——《帝王世纪集校》

译文： 纣王囚禁了文王，文王的长子伯邑考在商纣那边做人质，被纣王控制。纣王杀了他，将他做成羹，赐给文王，说：“圣人应该不会吃他儿子的肉做成的羹。”文王得到羹之后就吃掉了。纣说：“谁说西伯是圣人？他吃掉用自己儿子的肉做成的羹，还不知道呢。”

探寻“神奇”

除了《封神演义》，你还知道哪些演义呀？

姜太公钓鱼

——愿者上钩

妈妈：上次说成就大事要有漫长的准备，成就大事还需要优秀的助手。

多多：我知道你说的助手是谁。

妈妈：是谁？

多多：就是那个钓鱼的老头姜太公，他是周文王的助手。

妈妈：对啊。姜太公钓鱼的样子很酷吧？

多多：是的，其实老头子也可以很酷的。

妈妈：只要有所作为，无论年纪多大，都可以酷酷的。

姜太公是东夷人，他有治国平天下之才，可惜总是没有好的机遇。他曾经在朝歌当过屠夫，在孟津卖过饭。他在好多地方都无法立足，一把年纪、白发苍苍时来到渭水边，天天钓鱼。

姜太公的这种形象让人不由得联想到一首诗，那就是唐代柳宗元的《江雪》："千山鸟飞绝，万径人踪灭。孤舟蓑笠翁，独钓寒江雪。"他四顾茫茫，找不到任何出路或归路。天地间只有姜太公一人一舟，在白雪皑皑的江边垂钓，而他的头发，也如白雪的颜色一般。

据说他在渭水边钓鱼，三天三夜都没有一条鱼上钩。这下连姜尚

这样沉稳的人都受不了了，可能他联想到了自己失败的人生："自己真的那么倒霉吗？！什么事情都不顺利！"他一气之下，把衣服、帽子都扔在地上。后来有个农人，应该是高人乔装改扮的，过来对他说："你想钓到鱼的话，鱼线还可以再细些，钓饵还可以做得更香些，钓的时候还可以更耐心一些。"姜太公听了他的话，深呼吸、再深呼吸，终于使自己冷静下来。他先钓到了一条鲋鱼，后来钓到了一条鲤鱼。他剖开鱼肚，里面有一块写着字的布，上面写着"吕望封于齐"。

姜太公在这边钓鱼，而那边呢，周文王为了增强自己的实力，正在招纳天下英才。有一天周文王要出去打猎，外出前他先进行了占卜。商代人特别喜欢占卜，干什么事情都要占卜一下。卜辞上是这么说的："你将要获得的不是龙不是螭（一种没有角的龙），不是虎不是熊，你要得到的是你成就霸业的辅佐之才。"他非常高兴地出门去了。果然，在渭水的北面，他远远见到一个钓者，白发如雪，如一尊雕塑般凝固在水边，似乎在钓鱼，又似乎不在钓鱼；似乎在思索，又似乎不在思索。文王走上前去与那长者交谈，讲了没有多久，他就异常兴奋：这样的谈吐、这样的谋略，一定是上天赐给自己的辅臣。于是文王恭恭敬敬地将姜太公请上马车，还亲自驾车，和姜太公一起回到岐山。他拜姜太公为国师，称呼他为太公望。看来，姜太公钓到的不是鱼，而是周文王啊；而自愿上钩的也不是鱼，而是周文王啊。

回去之后，文王先派姜太公去做了灌坛令（灌坛的长官），这有点试用期或者考察期的味道。姜太公去了以后，果然将那个地方治理得有条有理，奇怪的是，甚至连大风大雨都不太有。有一天晚上，文王做了一个梦，梦见一个很美丽的女子站在路上哭泣。他就问："你是谁啊？为什么站在这里哭泣？"那女子回答道："我本是泰山山神的女儿，嫁给东海海神为妇。我很想回娘家，但是现在姜太公是灌坛令，他很有德行。如果我回家，一定会伴有狂风暴雨，影响他的德行，所以我站在这里哭泣。"文王睡醒之后，觉得很奇怪，就召姜太公来询问。这一天果然有疾风暴雨从姜太公的管辖范围旁边经过。文王大喜过望，原来连神灵都敬畏姜太公呀。于是，他就拜姜太公为大司马，越发重用姜太公。

多多：姜太公年纪那么大才被重用啊。

妈妈：是啊，有一句话叫“大器晚成”。有的人年轻的时候就有一番成就了，有的人却到年纪很大时才有成就。

多多：我喜欢早点有成就。

妈妈：其实迟和早不是关键，有准备才是关键。姜太公虽然这么晚才被重用，但他之前一定一直关注着天下之事，在不断谋划天下之事。

多多：对。

妈妈：还有一点很关键。

多多：是什么？

妈妈：是姜太公有一种拯救天下的责任感和使命感。

神话原典

原文：太公望，东夷之士也，欲定一世而无其主。闻文王贤，乃钓于渭以观之。

——《吕氏春秋·首时》

译文：太公望，是东夷人，他想平定天下，可是没有遇到贤明的君主。他听说文王贤明，于是到渭水边钓鱼，以便观察文王的品德。

探寻“神奇”

小朋友可以找找中国历史上还有哪些大器晚成的人，说说他们的故事。

武王伐纣

——众神的聚会

多多：姜太公后来怎么打败纣王的呀？

妈妈：那场面可热闹了。

多多：为什么这样说？

妈妈：感觉是一场神仙的大聚会呀。

多多：他遇见了很多神仙吗？

妈妈：是啊，以前我们讲的不少神仙都出现了。这简直是中国神话的一次大总结了。

多多：所以才叫“封神演义”，对吧？

妈妈：是的。

周文王病死之后，他的儿子周武王继承了他的事业，继续讨伐商纣。他的弟弟周公旦辅佐他，太公望仍然做国师。

周武王伐纣之前，照例要占卜。想不到卜辞上都是“大凶”的字样，周武王就有点害怕。这个时候，姜太公一下子把卜筮用的蓍草啊、龟壳啊什么的都推倒了，说：“这些枯了的骨头、死了的草，知道什么吉凶呀。”

周武王听了姜太公的话，就下定决心出征。出征的时候天气非常阴沉，他们越走天色越暗，风也呼啸起来。大家都胆战心惊，不敢迈步。突然天空就像裂开了一样，一道闪电，从天上直接劈向地面，周武王的赶车人当场倒地身亡。周武王的弟弟周公旦长叹一声："上天不保佑周啊！"姜太公厉声道："我们秉承天意讨伐商纣，我们一定会胜利的！"他的声音如此有力量，以至于隆隆的雷声戛然而止。

为了表示长驱直入、永不退缩的决心，他们还烧掉了经过的桥梁，一意向前。他们就这么一路打过去，打到洛邑这个地方，天气开始变得更坏了。连续十几天都是雨雪，积雪一丈多深。这个时候，不知哪里来了一辆马车和两个骑士，说是要拜见武王。武王不想见，姜太公说："不可不见。雪那么深，但他们的车马连一点痕迹都没有，他们恐怕不是一般人啊。"于是姜太公派使者端着热粥去送给他们，对他们说："大王有事不能出迎，天气冷，给你们送来一些热粥御御寒。不知你们的长幼顺序是怎么样的？"骑士说："先给南海君、东海君、西海君、北海君，然后给河伯、雨师，风伯。"

姜太公对周武王说："这些客人一定要见啊！他们分别是四海之神与河伯、雨师、风伯。南海之神是祝融，东海之神是句芒，北海之神是玄冥，西海之神是蓐收，河伯名冯夷，雨师名咏，风伯名姨。快通报他们的名字，把他们请进来吧！"众神听到自己的名字被准确地报出来，都惊叹不已。祝融带着他们拜见了周武王，周武王说："这么差的天气劳众位前来，希望你们能指点我们啊。"众神都说："伐商立周是天意啊，所以我们前来接受差遣，希望能够帮到你们！"

这些神的出现，一下子把我们的记忆拉回到黄帝、炎帝时期。除之前说的"五帝"，还有一种按照方位来排的"五帝"。中央土也，天帝是黄帝，由后土辅佐他，管理四方；东方木也，天帝是伏羲，由句芒辅佐他，掌管春天；南方火也，天帝是炎帝，由祝融辅佐他，掌管夏天；西方金也，天帝是少昊，由蓐收辅佐他，掌管秋天；北方水也，天帝是颛顼，由玄冥辅佐他，掌管冬天。

除了中央之神，其他四大天神都到了，场面是不是很壮观？这简

直是隔了好久的一次神的盛大聚会了！就这样，周武王率领众诸侯，在神的帮助下，很快就打到了牧野。

那一边，商纣王也准备了七十万人对抗武王，看上去气势也很强盛，其实那七十万人早就恨透纣王的所作所为，准备倒戈了。战争的序幕拉开了，周武王率领军队急驰向商的人马。没想到商的军队不但没有向前应敌，而是掉转兵器的方向，帮助周武王打仗。武王的军队长驱直入，而纣王的军队如退潮般溃散。纣王知道大势已去，便登上自己建造的鹿台。那个享乐之地变成了他的葬身之地。就算死，他也要穿上一件缀满珠玉的衣服，纣王在鹿台放了一把火，烧死了自己。周武王挥舞着巨大的白旗，诸侯都向他跪拜。

武王伐纣之后，姜太公举行封神大典，分封在伐纣中有功的人。而这些神奇的故事，也被后人编写成了神魔小说《封神演义》。

就这样，周武王完成了伐纣的事业，而周也取代了商，姜太公则被分封到了齐地。这验证了鱼肚子里的那句话："吕望封于齐。"

多多：我还以为神都退休了呢，他们又跑出来了。

妈妈：是啊，其实在中国古代的神话传说、各类故事中，甚至在诗歌散文中，神一直都在。

多多：所以有了后来的神魔小说？

妈妈：是的，包括后来的《西游记》，简直是各路神仙的集会啊。

多多：去看不同时间不同书里面的同一个神的故事，是不是很有趣啊？

妈妈：是啊，小朋友应该有这样的思路，去找找同一个神或者同一个历史人物不同的版本。

多多：我想试试。

妈妈：好啊！

神话原典

原文：帝纣闻武王来，亦发兵七十万人距武王……纣师虽众，皆无战之心，心欲武王亟入。纣师皆倒兵以战，以开武王。武王驰之，纣兵皆崩畔纣。纣走，反入登于鹿台之上，蒙衣其殊玉，自燔于火而死。

——《史记·周本纪》

译文：纣王听说周武王来讨伐，也发动军队七十万人抵抗周武王……商纣王的兵力虽然多，但是没有打仗的心思，都盼着周武王赶快到来。商纣王的军队全都倒戈参与作战，为周武王打开了道路。周武王的军队长驱直入，商纣王的士兵全都崩溃了，纷纷背叛纣王。纣王逃走，回到城内登上鹿台，披着镶满宝玉的衣服，点火自焚而死。

探寻“神奇”

小朋友可以试着找一下两个文本中同一个神的故事，看看有什么异同。

周穆王西巡
——悠悠神仙路

妈妈：我们的神话就要告一段落了。

多多：为什么？

妈妈：因为接下来我们要进入其他文本了。

多多：还有什么文本啊？

妈妈：鲁迅先生写过一本《中国小说史略》。他把上古神话作为小说的开端。

多多：然后呢？

妈妈：简略来说，后面还有魏晋南北朝的志怪、志人小说，唐代的传奇，宋代的话本，明清的小说……

多多：也就是说还有很多故事可以听，对吗？

妈妈：对啊，中国的故事可多啦！

多多：太好了！

周穆王是西周的第五位天子，他特别喜欢远游。关于他的远游，大家也是评价不一。有的说他不致力于国事，只是随意出游；有的说他的远游具有很重要的意义，比如他向西跑到昆仑山，其实是发展与其他民族的关系或者是去封禅的。他到底干什么去了，我们很难判断。但他的西行之路，让我们很感慨，感觉是人类长大之后，再一次去寻找童年的踪迹，把那些瑰丽的记忆再现出来。我们宁愿把他的西游当作一次与西王母浪漫而美丽的相遇。

周穆王有八匹骏马，名字也都很帅：赤骥、盗骊、白义、逾轮、山子、渠黄、华骊，绿耳。这都是根据它们的毛色取的名字。周穆王就驾着他的八匹骏马拉的车，一路向西，驰骋千里。他终于来到了昆仑山，来到了赤水的北面。他登上了昆仑山，这真是一件久违了的事情。

他选择了一个良辰吉日，拜见西王母。他把最珍贵的白色与黑色的玉器，献给西王母。他在瑶池这个地方与西王母一起喝酒。西王母为他清唱了一曲，声音婉转动人，缭绕在青天白云之中："白云、白云去悠悠，随意出入青山间。道路、道路多漫长，山重水复缀其间。祝愿、祝愿君长寿，期待你我重相见。"

周穆王也回了一曲："行行我将归东土，治理诸夏天下连。待到天下太平时，我将归来复见君。三年时间不算长，你我、你我重相见。"

周穆王和西王母就这么恋恋不舍地分开了，当然，三年之后也没有听说周穆王回去见西王母。神仙日月久长，而人生苦短，所以人与神的约定，只是徒然让人惆怅伤神。

不过周穆王回东方的路上，发生了一件有意思的事情。有人把工匠偃师献给了他。周穆王问他有什么本领，偃师说："明天我会带一件东西来给您看看。"第二天，偃师带了一个人来谒见周穆王。那人擅长表演，他的舞蹈合着音律，千变万化，非常美妙。周穆王是和嫔妃一起观看表演的，他们都看得很入迷。没想到表演快要结束的时候，那个人开始挤眉弄眼，挑逗周穆王身边的侍妾。周穆王大怒，要杀掉偃师。偃师很害怕，连忙说："这个人是假的，是我做的！"偃师把那人剖开，果然只是些皮革、木头、胶、漆，但是做得非常精巧，筋骨、关节、皮毛、齿发一应俱全，里面则有肝、胆、心、脾、肾、肠、胃，真是一个都没少。周穆王长叹道："这真是巧夺天工啊！"据说这就是最早的木偶戏呢。

周穆王回来了，而昆仑山、西王母那神话世界，就离现实人生越

来越远了。我们的讲述也就到此结束了。

多多： 我们什么时候也去昆仑山看看吧。

妈妈： 好啊，没问题。不过其实往东也可以。

多多： 往东去哪里呢？

妈妈： 去蓬莱，秦始皇是向东求仙的。也可以往南。

多多： 往南是哪里？

妈妈： 是后来的楚地。楚文化非常精彩，楚地保留着当地的神话，还“海纳百川”，保存了中国三大体系的神话呢。

多多： 我希望到处走走。

妈妈： 好啊，一定要“读万卷书，行万里路”。

多多： 我会的！

神话原典

原文： 乙丑，天子觞西王母于瑶池之上。西王母为天子谣，曰：“白云在天，丘陵自出。道里悠远，山川间之，将子无死，尚能复来。”

——《穆天子传》

译文： 乙丑日，天子（周穆王）在瑶池宴请西王母。西王母清唱了一首歌谣：“白云悠悠，在山间缭绕。道路悠远，山重水复，但愿你能活着，还能回来。”

探寻“神奇”

你有空的时候可以和爸爸妈妈去看一场木偶戏。